BASTEI
LÜBBE

FILM- und FERNSEH-BÜCHER aus dem BASTEI-LÜBBE-Taschenbuchprogramm:

13 001 Feuerkind
13 035 Cujo
13 039 Zurück in die Zukunft
13 043 Trucks
13 084 Top Gun
13 088 Katzenauge
13 121 Carrie
13 194 Angeklagt
13 219 Stirb langsam
13 246 Abyss
13 248 Zurück in die Zukunft II
13 285 Die totale Erinnerung – Total Recall
13 309 Zurück in die Zukunft III
13 310 Robocop II
13 312 Flatliners
13 346 Geschichten aus der Schattenwelt
13 348 Der mit dem Wolf tanzt
13 378 Backdraft – Männer, die durchs Feuer gehen
13 382 Terminator 2 Tag der Abrechnung
13 412 Wer erschoß John F. Kennedy
13 444 Basic Instinct
13 446 Universal Soldier
13 448 City of Joy
13 449 Dracula
13 450 Der Bergdoktor Bd. 1
13 452 Columbo – Drei Romane
13 483 Der Bergdoktor Bd. 2
13 496 Columbo Drei weitere Romane
13 535 Last Action Hero
13 544 Karen McCoy – die Katze
13 547 Demolition Man
13 584 True Romance
13 585 Wild Palms
13 588 Blink
13 589 Geronimo
13 593 High Crusade
13 634 Malice – Eine Intrige
13 636 Flucht aus Absolom
13 638 True Lies
13 639 Shadow und der Fluch des Khan
13 640 Die Gerichts-Reporterin
13 641 Die Sieger
13 642 The Mask
13 643 Frankenstein – oder der moderne Prometheus
13 645 Tödliche Absichten
13 649 Nobody's Fool
13 685 Junior
13 686 Tim Burton's – The Night Before Christmas
13 687 Dr. Stefan Frank Der Arzt, dem die Frauen vertrauen
13 688 Roy Rob
13 693 Legenden der Leidenschaft
13 694 Stargate
13 695 Die schnellen und die Toten
13 696 Tank Girl
13 697 Der Bergdoktor Bd. 3
13 700 Thunder in Paradise Bd. 1 Auge um Auge
13 701 Thunder in Paradise Bd. 2 Angst um Jessica
13 707 Kurklinik Rosenau
13 749 Waterworld
13 750 Judge Dredd
13 751 Stirb langsam Jetzt erst recht
13 754 Kommissar Rex Was kostet ein Menschenleben?
13 755 Johnny Mnemonic
13 804 Mortal Kombat
13 805 Dr. Stefan Frank Mein Eid – mein Schicksal
13 806 Operation: Broken Arrow
13 808 Kommissar Rex Der maskierte Tod
13 822 City Hall
13 860 Barb Wire
13 861 Kurklinik Rosenau Noch einmal neu beginnen
13 901 Kommissar Rex Tanz auf dem Vulkan
13 931 Kommissar Rex Schöne Bescherung
13 932 OP ruft Dr. Bruckner
13 933 The Long Kiss Goodnight

Kommissar

REX

Gaby Schuster

Tanz auf dem Vulkan

Roman
zur Fernseh-Serie
nach den Drehbüchern
von Peter Hajek
und Peter Moser

BASTEI
LÜBBE

BASTEI-LÜBBE-TASCHENBUCH
Band 13 907

Erste Auflage: März 1997

Ungekürzte Ausgabe

Lizenzausgabe 1997 by
Bastei-Verlag Gustav H. Lübbe GmbH & Co., Bergisch Gladbach
Lektorat: Beate Stefer
Titelbild: SAT. 1/Schafler
Umschlaggestaltung: Quadro Grafik, Bensberg
Satz: Fotosatz Steckstor, Bensberg
Druck und Verarbeitung:
Brodard & Taupin, La Flèche, Frankreich
Printed in France

ISBN 3-404-13907-0

Der Preis dieses Bandes versteht sich einschließlich
der gesetzlichen Mehrwertsteuer.

Die Hauptrollen und ihre Darsteller

Richard ›Richie‹ Moser Kommissar	Tobias Moretti
Christian Böck 1. Assistent	Heinz Weixelbraun
Peter Höllerer 2. Assistent	Wolf Bachofner
Max Koch Kommissar im Ruhestand	Fritz Muliar
Dr. Leo Graf Gerichtsmediziner	Gerhard Zemann

sowie
Reginald von Ravenhorst
als Rex

Das Telefon macht Ferien

1

Der Morgen ist vielversprechend. Die Sonne steht hoch genug, daß sie den Spalt zwischen den Fensterläden erreicht. Ein breiter, heller Lichtstrahl trifft genau auf die schwarze Hundenase. Er wärmt nicht nur, er kitzelt. Rex niest prustend und hebt den Kopf. Er ist auf Anhieb hellwach. Weiter oben, zum Kopfende hin, erfolgt keine Reaktion.

Ein paar schwarze Wuschelhaare sind dort zu sehen, ein nackter Männerarm, der entspannt über die Bettkante zu Boden hängt. Ansonsten hebt sich die Decke unter langsamen, regelmäßigen Atemzügen. Entweder ist das Niesen oben nicht gehört worden, oder es wird absichtlich ignoriert.

Rex winselt leise. Steh endlich auf, heißt das. Raus aus dem Bett mit dir, du fauler Mensch! Der Tag ist viel zu schade, um einfach verschlafen zu werden.

Der ›faule Mensch‹ stellt sich tot. Er hat einen langen Abend im Billard-Café hinter sich. Es ist ohnehin selten genug der Fall, daß er Zeit für eine Partie Billard findet. Normalerweise arbeitet er bis in die Nacht hinein und wird in aller Frühe vom Telefon wieder geweckt. Jetzt denkt er gar nicht daran, sich von seinem vierbeinigen Plagegeist so früh aus den Federn jagen zu lassen.

Ein enttäuschtes Winseln, dann entfernt sich das Tap

Tap der Pfoten Richtung Haustür. Seit sie das Haus am Stadtrand von Wien bewohnen, macht er seine erste Morgenrunde auf eigene Faust. Wunderbar. Kommissar Richard Moser dreht sich auf die andere Seite und versucht wieder Anschluß an den Traum von eben zu finden.

In diesem Moment geht es los: Wummm! Schepper! Dann Stille. Wieder Wumm! Schepper! Stille.

Richard flucht und zieht sich die Bettdecke über den Kopf. Was soll der abscheuliche Lärm? Welcher Idiot pocht um diese Zeit gegen sein Haus? Erstens hat er keine Handwerker bestellt, und zweitens kommen Handwerker ohnehin nicht vor dem Aufstehen! Verflixt, RUHE!!

Schimpfend schlägt er die Bettdecke zurück und tappt auf nackten Füßen zum Fenster. Das Krachen endet, sobald er die Fensterflügel aufstößt. Sein Blick fällt genau auf Rex. Ganz ordentlich sitzt er direkt vor ihm.

Ein Bild von einem Schäferhund. Reginald von Ravenhorst von seiner attraktivsten Seite. Brav, wohlerzogen, gepflegt. Das dichte, goldene Fell glänzt, der schöne Kopf mit der schwarzen Schnauze liegt eine Spur schief. Ein gelbgrauer, zerkauter Tennisball steckt im Fang, und in den samtigen, unwiderstehlichen braunen Augen steht pure Freundschaft. Wer kann so jemandem böse sein?

»Guten Morgen, du Nervensäge!« gähnt Richard und reckt sich. »Muß das sein in aller Frühe? Kannst du nicht ein bißchen leiser sein?«

Er kennt Rex' augenblickliches Lieblingsspiel. Er war nur zu unausgeschlafen, um eben die Zusammenhänge herzustellen. Rex geht auf Abstand zum Haus, nimmt

Anlauf und jagt dann darauf zu, während er den Ball in vollem Tempo gegen die Wand donnert. Den zurückprallenden Ball zu erwischen, erfordert Schnelligkeit und Reaktionsvermögen. Beides besitzt er, deswegen kickt er ihn zum scheppernden Abschluß jedes Mal gegen die leere Regentonne. Sozusagen als Zugabe und Ausrufezeichen.

»Gib' mir den Ball, Rex!« befiehlt Richard und streckt auffordernd die Hand danach aus.

Rex denkt gar nicht daran. Er gibt eine Mischung aus Winseln und leisem Bellen von sich. Es heißt soviel wie: »Guten Morgen, hast du schlechte Laune?«

Richard muß lachen. »Du bist mir vielleicht ein Schlawiner! Aber du hast recht, es ist ohnehin Zeit zum Aufstehen.«

Prima! Das ist eher nach Rex' Geschmack. Und vielleicht auch ein sofortiges Frühstück, wenn's geht! Dummerweise steht Richard noch unter der Dusche, als Rex ins Haus poltert und seinen Wunsch bellend anmeldet. Er faßt sich in Geduld und kontrolliert, ob nicht irgendwo ein paar Hundekekse zu finden sind. Glücklicherweise hat Richard am Abend zuvor den Automaten für Notfälle wieder aufgefüllt. Rex muß nur mit der Schnauze gegen den bunten Plastikknochen unter der Vorratstrommel drücken, dann fällt eine kleine Menge Trockenfutter in den Napf darunter. Bloß ein ›Magenkratzerl‹, wie die Wiener das nennen, aber besser als nichts ist es im Moment auf jeden Fall.

Rex findet das Patent ausgesprochen hundefreundlich. Speziell für Hunde, die einen Langschläfer als Herrchen haben und ewig auf ihr Frühstück warten müssen. Und daß sich Richards Kollege, der erste Kriminalassistent Ernst Stockinger, vielsagend an seine Stirn getippt hat, als er den wunderbaren Automaten zum ersten Mal sah, kann er gar nicht verstehen.

Aber an Stocki kann er sowieso einiges nicht verstehen. Er ist zum Beispiel nie bereit, seine Wurstsemmeln freiwillig mit Rex zu teilen, und er tut tatsächlich immer so, als hätte er Angst vor ihm. Rex hat sich vorgenommen, ihn von dieser dummen Furcht zu kurieren. Gleich nachher, wenn sie ins Polizeipräsidium fahren, wird er Stockis Fall weiter bearbeiten.

Doch zuerst das richtige Frühstück.

Etwas Ordentliches zwischen die zweiundvierzig Zähne seines kräftigen Scherengebisses. Immerhin bringt Rex stattliche achtunddreißig Kilo auf die Waage, und die müssen ernährt werden! Nicht bloß von lächerlich kleinen Wurstsemmeln, obwohl er die zu jeder Tages- und Nachtzeit verschlingen könnte. Belegte Brötchen sind für Rex in etwa das, was Gummibärchen für Menschenkinder sind. Besonders gern mag er die mit Prager Schinken. Mhm!

Richard Moser kommt endlich aus dem Bad und rubbelt sich die langen Haare mit dem Handtuch trocken. Im Vorbeigehen wirft er einen mißtrauischen Blick auf das Telefon. An diesem Morgen schweigt es hartnäckig. Es macht offensichtlich Ferien!

»Glaubst du, es ist kaputt?« fragt er Rex. »Ein Morgen ohne einen Anruf von Stocki ist richtig unheimlich. Kein Mord aus Eifersucht, keine Leiche in den Donau-Auen und auch kein Ärger mit der Russen-Mafia? Sollte Wien über Nacht brav geworden sein?«

Rex tappt ungeduldig in die Küche voraus.

Vorwärts, Richie! Plaudern können wir später, ich habe Hunger! sagt er auf diese Weise, und er läßt Richard keine Sekunde aus den Augen, während dieser sich endlich nach seinem großen Futternapf beugt und ihn gründlich säubert, ehe er das ersehnte Frühstück hineinfüllt.

Heute wird es sogar ein regelrechtes Festmenü. Im Gegensatz zu sonst öffnet sein Herrchen nicht einfach eine Dose Hundefutter, sondern er macht sich die Mühe, gekochte Rinderleber in passende Stücke zu schneiden und Vollkorn-Haferflocken darunter zu mischen. Rex stemmt sich mit den Vorderpfoten auf den Tisch hoch und winselt vor lauter Vorfreude. Ein paar geraspelte Karotten würden die Köstlichkeit zwar noch abrunden, aber er will ja nicht zuviel verlangen. Sein Mensch ist kein Kochkünstler; daß er sich überhaupt für ihn an den Herd begibt, ist schon anerkennenswert genug. Langsam beginnt die Erziehung zu wirken, die er ihm täglich verpaßt.

»Langsam, langsam«, mahnt Richard und stellt ihm den großen Napf auf den Boden. »Schling' nicht alles auf einmal hinunter. Ich laß' mir ja auch Zeit zum Essen. Das ist viel gesünder ...«

Rex putzt trotz der Mahnung in Windeseile seinen Napf leer und schlabbert noch eine ordentliche Portion frisches Wasser hinterher. Jetzt ist er für den Rest des Tages gerüstet. Wenn es nach ihm geht, können sie jetzt losfahren. Er läuft wie üblich voraus und umrundet den dunkelblauen Alfa, den sein Herrchen fährt. Wo bleibt er denn? Dieser Mensch ist eine fürchterliche Schlafmütze.

Drinnen läuft Richard in Strümpfen durch die Räume und schimpft vor sich hin. Verflixt noch mal, wo sind denn seine Schuhe? Die hat dieser unmögliche Kerl garantiert wieder irgendwo versteckt!

Rex' Lieblingshobby ist im Augenblick die Jagd nach Schuhen. Er packt sie und versteckt sie, wo immer er einen Platz dafür findet. Hinter dem Duschvorhang, in der Spüle, unterm Bett, zwischen der schmutzigen Wäsche, einfach überall. Und damit Richard sie nicht gleich findet, zieht er Wäsche darüber, tut Papier darauf oder schiebt sie unter den Teppich. Es gefällt ihm ungeheuer, wenn der Zweibeiner überall herumkriecht und die Hüllen sucht, die er über seine Füße zieht, wenn er aus dem Haus geht. Rex mag diese Hüllen. Es läßt sich herrlich auf ihnen herumbeißen, und sie riechen so gut nach Richard.

»Rex, bring' sofort meine Schuhe her!«

Der lautstarke Alarmschrei erklärt, weshalb der Boß noch nicht im Auto sitzt. Gutmütig trabt Rex ins Haus zurück. Unterwegs packt er einen Turnschuh, den er gestern abend für alle Fälle in den leeren Schirmständer in der Diele gestopft hat und bringt ihn gleich mit. Das spart Zeit und macht einen guten Eindruck.

Richard schüttelt resigniert den Kopf. »Kannst du nicht mal was anderes verstecken? Post vom Finanzamt oder leere Bierdosen zum Beispiel?«

Rex bellt leise. Das verstehst du nicht, Richie! Die riechen eben nicht so gut!

Er macht kehrt und holt ein zweites Exemplar unter den alten Zeitungen im Schlafzimmer hervor. Auch das nimmt er in die Schnauze und schleppt es hilfsbereit zu seinem Herrn. Na, bist du jetzt mit mir zufrieden?

»Du Gauner!«

Richard fährt sich mit allen zehn Fingern durch die Haare und muß lachen. Nummer zwei ist die eine Hälfte eines Paars schwarzer Schnürschuhe, die Rex mit dem grauweißen Turnschuh kombinieren möchte. Aber glücklicherweise hat er den anderen Lederschuh bereits selbst gefunden. Dem pünktlichen Dienstbeginn steht nichts mehr im Weg.

Auch im Wiener Untersuchungsgefängnis wird auf Pünktlichkeit geachtet. Der Tagesablauf der Häftlinge ist genau verplant, und nur Verhöre und Gerichtsverhandlungen bringen so etwas wie Abwechslung in den Alltag der Festgenommenen, die hier darauf warten, verurteilt oder freigelassen zu werden.

Einer von ihnen ist Jerszy Borek, ein vierundvierzigjähriger Pole. Ein blasser, stummer Häftling, der zwar keine Aussagen, aber auch keine Schwierigkeiten macht. Auch er war an diesem Morgen vor allen anderen wach und hat beobachtet, wie der kleine, vergitterte Lichtfleck, den das Fenster auf den Boden seiner Zelle wirft, von der Sonne erleuchtet wurde. Das passende Wetter für diesen Tag. Nur schade, daß die Minuten so langsam dahintropfen.

Er wartet nervös auf die beiden Beamten, die ihn nach

dem Frühstück abholen sollen. Seine Ungeduld läßt ihn gereizt in der Zelle auf und ab marschieren. Sechs Schritte in der Länge, sechs zurück. Die Länge der Zelle hat sich in seinen Kopf gegraben, wie das Hallen der Schritte und das Zuschlagen der schweren Eisentüren.

Endlich kommen die zwei. Aber sie bemerken ohnehin nicht, daß er an diesem Tag anders ist als sonst. Für die ist er kein Mensch. Höchstens so eine Art Paket, das sie von da nach dort transportieren. Eine Nummer.

Seine Persönlichkeit hat er mitsamt seinen wenigen privaten Besitztümern abgeben müssen, als er verhaftet worden ist.

Wie üblich läßt er sich widerstandslos mit Handschellen an einen der Wachmänner ketten und steigt stumm mit ihm auf den Rücksitz des Polizeiwagens, der im Hof des Untersuchungsgefängnisses wartet. Was hinter seiner niedrigen Stirn vorgeht, bleibt ein Geheimnis.

Aber als der Fahrer im Rücksitz seine Augen sieht, stutzt er unwillkürlich. Es sind eiskalte, brutale Augen, ohne jeden Funken Gefühl. Die Augen eines Mörders, eines Mannes, der rücksichtslos sein Ziel verfolgt, ohne sich um irgendwelche Hindernisse zu kümmern. Ein Glück, daß der Kerl nicht frei herumläuft.

»Wie oft müssen wir den noch spazierenfahren, Meisinger?« wendet er sich an seinen Kollegen, als ob der Pole überhaupt nicht vorhanden wäre.

»Weiß ich's?« zuckt der andere mit den Achseln. »Solang' er Zahnschmerzen hat, vermutlich! Sieh's doch mal anders herum, Blaschek. So einer wie der verdient's doch, daß die Studenten ein bisserl an seinem Gebiß herumüben dürfen. Am Anfang rutscht da sicher mal ein Bohrer aus oder so ...«

Das schadenfrohe Gelächter der beiden Polizisten rührt den Gefangenen überhaupt nicht. Jerszy Borek schweigt und wartet. Er weiß genau, was für ein wichtiger Tag heute ist. Ein Tag auf den er sechs lange Monate gewartet hat! Der Tag, an dem er seine Freiheit wiedererhalten wird.

»Das scheint ein geruhsamer Tag zu werden, Rex!« freut sich der Kommissar, während er die Haustür abschließt und mit seinem vierbeinigen Partner zum Auto geht. Wie üblich öffnet er zuerst die Beifahrertür, damit Rex einsteigen kann. Bis er sich auf der anderen Seite hinter das Steuer klemmt, sitzt der dann schon gemütlich auf dem Vordersitz und klopft auffordernd mit der Rute auf das Polster. Auf geht's, Richie! Die Arbeit wartet!

Daß er da sitzt, ist nicht ganz nach Verkehrsvorschrift, aber Rex findet eben, daß er keinesfalls auf den Rücksitz gehört. Er verabscheut Rücksitze, und er hat einen Dickkopf. Den größten Hundedickkopf von ganz Wien, wenn es darauf ankommt. Der Platz neben seinem Freund gehört ihm und damit basta. Wer will ihm das verbieten? Die Straßenverkehrsordnung ist für Menschen da, nicht für Hunde. Und für Polizeihunde schon gar nicht, stimmt's?

Rex geht gerne arbeiten. Er mag das Polizeipräsidium. Schon weil die Witterungen dort so interessant und aufregend sind. Alte Akten, Wurstsemmeltüten, Stockis Rasierwasser und der scharfe Duft nach Desinfektionsmitteln, den Dr. Graf, der Gerichtsmediziner, immer an seinen Kleidern hat, wenn er Richard in seinem Büro aufsucht.

Für Rex besitzt die Wiener Mordkommission keine Schrecken. Er wundert sich sogar, daß viele Leute, die hereinkommen und mit Richard reden, neben all dem anderen auch nach Angst riechen. Er kann das mit seinem feinen Instinkt sehr wohl erkennen. Die Menschen sind dann unsicher. Haben einen unsteten Blick und tun so, als würden sie sich wohl fühlen, obwohl genau das Gegenteil der Fall ist. Für Rex liegen ihre Gefühle dann wie eine Wolke um ihre Person.

Fast benehmen sie sich dann ein bißchen wie Stocki, wenn Rex ihm die Pfote auf den Oberschenkel legt. Rex winselt vergnügt. Er freut sich auf Stocki. Er mag ihn. Peter Höllerer, den zweiten Kriminalassistenten, hat er auch gern, aber der reagiert längst nicht so lustig wie Stocki. Er behandelt Rex ganz normal, und das ist wenig abwechslungsreich. Stocki ist alles andere als langweilig. Noch ein Grund, weshalb Rex ihn auf den ersten Blick in sein Hundeherz geschlossen hat.

Als Richard sein Auto im Innenhof der Wiener Polizeizentrale parkt, springt sein Partner mit einem eleganten Satz durch das offene Fenster. Er könnte sich natürlich gedulden, bis sein Herrchen die Tür aufmacht oder sogar selbst die Tür aufmachen, aber weshalb? Der sportliche Sprung durch das relativ kleine Fenster ist täglich eine neue Herausforderung für ihn.

Dafür bleibt er dann brav beim Eingang sitzen und

wartet auf seinen Herrn. Hinter der Backsteinfassade des alten Hauses aus der Gründerzeit wird sein Freund zu Herr Kommissar Moser. Ein wichtiger Mann der Wiener Mordkommission, und diese bedeutungsvolle Position färbt auch auf Rex ab. Er benimmt sich tadellos. Wenn er wirklich mal einen Streich macht, dann nur im Büro. Wenn es bei Richard, Stocki und Höllerer sozusagen in der ›Familie‹ bleibt und niemand davon erfährt.

»Komm schon«, mahnt Richard und schwenkt die Tüte mit den Wurstsemmeln, die er unterwegs gekauft hat. »Oder hast du den Weg vergessen?«

Hat Rex natürlich nicht, er hat nur den Schinken erschnuppert. Eine ganz verlockende Wolke aus frischem Brötchenduft und Prager Schinken.

Mhm, ein zweites Frühstück!

Nichts wie rauf in das Büro! Hoffentlich hat der Boß genügend Semmeln gekauft. Die Tüte schaut bedenklich klein aus.

Bis sich Stocki und Höllerer ihren Anteil genommen haben, bleibt nicht mehr viel übrig. Dabei ist für ein, zwei kleine Schinkensemmeln in Rex' Magen wirklich noch genügend Platz. Vielleicht sogar für drei . . .

Schüsse in der Zahnklinik

2

Der kleine Gummi-Dinosaurier hat einen blauen Kopf und quietscht in den höchsten Tönen. Wenn Rex ihn direkt unter dem Hals packt, hört sich das wie ein wütendes Eichhörnchen an. Eines, das er zur Abwechslung erwischt hat. Deswegen gefällt ihm das Geräusch so ungemein. Er nimmt das Gummitier ein wenig schärfer zwischen die Zähne, und Stocki schaut beunruhigt von seinem Aktenstapel auf.

Seit Rex begeistert schmatzend eine Wurstsemmel verzehrt und ein Verdauungsschläfchen gemacht hat, liegt er verdächtig ruhig auf seiner Decke. Kein Winseln hat die drei Kriminalbeamten bisher gestört, die schweigend Aktenbündel aufarbeiten und sich um den lästigen Schreibkram kümmern, der eben auch zur alltäglichen Arbeit einer Mordkommission gehört.

Stockinger macht das so gewissenhaft, wie er auch alles andere tut. Mit verschiedenfarbigen Kugelschreibern und sorgfältig gespitzten Bleistiften. Korrekt eben. Höllerer liest und schreibt schön langsam und gemütlich, wie es zu seinem Körperumfang paßt. Nur Richard Moser ist eher widerwillig bei der Sache. Er schaut immer wieder auffordernd zum Telefon, das auch im Büro einfach keinen Mucks von sich gibt.

An einem solchen Tag kann man fast zu der Ansicht

gelangen, daß es keine Morde und Verbrechen in Wien gibt. Daß die Menschen vernünftig geworden sind und einander endlich in Frieden lassen. Daß sie den Sonnenschein genießen und sich gegenseitig so akzeptieren, wie sie sind. Das ist natürlich eine Illusion, aber eine, die zu diesem friedlichen Tag paßt. Man muß nur friedliche Tage mögen.

Rex läßt den Dino endlich fallen und stupst ihn in die Ecke. Das Spiel ist ihm langweilig geworden. Die scheinbare Ruhe besänftigt den ersten Kriminalassistenten, und er wendet sich wieder seinem Schriftstück zu. Keine unmittelbare Gefahr von Richards vierbeinigem Freund und Bürogenossen. Seit der Kommissar ihn angeschleppt hat, weil sein Hundeführer bei der Verfolgung eines Attentäters getötet worden ist, gehört Rex zum Team.

Die Entscheidung ist einfach über Stockingers Kopf hinweg getroffen worden. Weder der Polizeipräsident noch Höllerer haben protestiert. Dabei hat auch der Kommissar sehr wohl gewußt, daß er Angst vor Hunden hat. Was heißt Angst, eine regelrechte Phobie ist das. Eine blinde Panik, die ihn buchstäblich erstarren läßt, sobald Rex ihm zu nahe kommt. Dabei kann er sich noch so oft sagen, daß ihm dieser Hund nichts tun wird. Daß er hervorragend ausgebildet, sehr schön und überhaupt eine Seele von Vierbeiner ist. Es nützt alles nichts. Schon wenn Rex sich rührt, so wie jetzt, setzt sein Herz eine Schrecksekunde lang aus, um dann ein wenig schneller und einen Tick hektischer wieder einzusetzen.

Dabei hat Rex nur den Dinosaurier gegen den Kauknochen ausgetauscht. Leises Knacken und Schmatzen löst das feine Quietschen ab. Ein Polizeihund darf das, und mit Ausnahme von Stocki stört es auch niemand. Der bekommt Gänsehaut, weil er bei jedem Knacken meint, es handle sich um echte Knochen, die da zermalmt werden. Vielleicht sogar um seine eigenen Knochen . . .

Peter Höllerer, der zweite Kriminalassistent, käme gar nicht auf die Idee, sich so etwas vorzustellen. Ihn erinnert das Geräusch höchstens an ein knusprig gebratenes Brathuhn mit Fritten. Er schluckt und packt sich seine letzte Wurstsemmel aus.

Rex richtet sich erwartungsvoll auf, aber ehe er seinen Platz verlassen kann, ist das gute Stück schon in Höllerers Mund verschwunden. Er kann fast so große Bissen wie Rex machen. Höllerer ist kein Opfer für ihn.

Richard Moser greift nach dem nächsten Papierstapel und unterdrückt einen schweren Seufzer. Das ist genau der Teil seiner Arbeit, den er am wenigsten mag. Formulare, Berichte, Anträge, Rundschreiben, wer soll das alles lesen? Am liebsten würde er das ganze Zeug packen und in den Papierkorb werfen oder geradewegs durch den Aktenzerkleinerer jagen.

Rex spürt seine Ungeduld, seine Langeweile. Die gute Laune von vorhin ist wie fortgeblasen. Armer Richard! Man muß etwas tun, um ihn zu unterhalten. Man muß ihn von seinen Aktenbergen ablenken. Rex' Augen gleiten suchend durch das große, helle Büro, das die drei Kriminalbeamten der Wiener Mordkommission miteinander teilen.

Von seiner Decke aus, die leicht erhöht auf einem Absatz hinter Mosers Schreibtisch liegt, hat er einen guten

Überblick. Irgend etwas wird sich doch machen lassen, das in diesem trüben Laden umgehend für bessere Stimmung sorgt. Rex faßt Ernst Stockinger genauer ins Auge. Stocki ist immer für einen Spaß gut.

Was macht er denn jetzt? Er legt seinen Rotstift weg und beugt sich unter den Schreibtisch. Hat er dort Wurstsemmeln versteckt oder vielleicht ein neues Spielzeug? Rex richtet sich interessiert ein bißchen auf, damit er Stocki besser beobachten kann.

Zur selben Zeit herrscht im großen Behandlungssaal der Wiener Universitätszahnklinik der übliche Betrieb. Zahnarztstuhl steht an Zahnarztstuhl, und an jedem dieser Behandlungsplätze arbeitet ein weißbekittelter Doktor. Die Patienten liegen mit abgedecktem Oberkörper und weit aufgerissenem Mund vor ihnen. Aufmerksame Studenten der Zahnmedizin schauen an der Seite der Ärzte neugierig auf diese vielen Reihen mehr oder weniger kranker Zähne. Manche arbeiten bereits unter den kritischen Blicken ihrer Lehrer das erste Mal mit gefährlich blinkenden Instrumenten.

Das scharfe, durchdringende Sirren der elektrischen Bohrinstrumente vermischt sich mit dem unterdrückten Stöhnen der geplagten Patienten und den knapp gemurmelten Kommentaren der Mediziner. Die blinkenden Gerätschaften klirren leise, wenn sie auf die sterilen Blechschalen zurückgelegt werden. Helle Klinikscheinwerfer tauchen den Raum in glasklares Licht.

Der einzige Mensch, der hier mit geschlossenem Mund

und ohne jede Beschäftigung herumsitzt, trägt eine Polizeiuniform. Weil er nicht einmal jetzt die stählerne Handfessel lösen darf, die ihn an seinen Begleiter kettet, muß er wohl oder übel die ganze Prozedur mitansehen. Obgleich ihm persönlich der summende Bohrer ja egal sein könnte, macht ihn der Lärm schrecklich nervös. Er spürt ihn geradezu in seinem eigenen Mund. Er mag keine Zahnärzte, aber so geballt wie in dieser Klinik sind sie ihm geradezu unheimlich. Wie lange das heute auch wieder dauert!

Er zählt die Minuten, bis die Behandlung des Häftlings endlich abgeschlossen ist. Zum hundertsten Male ärgert er sich darüber, daß dieser Kerl ausgerechnet in die Universitäts-Zahnklinik gebracht werden muß. Daß einem Verbrecher, einem Mörder, sozusagen auf österreichische Staatskosten die Zähne repariert werden, muß das eigentlich sein? Welcher idiotische Bürohengst in der Gefängnisverwaltung hat diesen Schwachsinn angeordnet? Und warum hat man ausgerechnet ihn und den Blaschek ausgewählt, die Kindermädchen für den Kerl zu spielen?

Er unterdrückt gerade einen leisen Fluch, als sich etwas Hartes, sehr Unangenehmes in seinen Rücken bohrt. Er erstarrt. Seine Erfahrung sagt ihm in Sekundenbruchteilen, daß es sich um eine Waffe handeln muß. Da hört er bereits die gedämpfte, rauhe Stimme direkt an seinem Ohr: »Ganz ruhig, sonst gibt es hier ein Blutbad. Mach' ihm die Handschellen auf . . .«

Das ist auch ein Pole, kein Zweifel. Der harte Akzent und die scharf betonten Worte verraten ihn. Sein Gesicht hat der Polizeibeamte noch nie gesehen. Scharfe, kantige Züge, helle Augen. Er ist frisch rasiert, und in seinen Augen steht dieselbe eiskalte Entschlossenheit, wie er sie von Jerszy Borek kennt. Die blonden, langen Haare hat er sich im Nacken wie ein Popstar zum Pferdeschwanz gebunden. Seine fabelhaften, weißen Zähne fallen in dieser Klinik voller Gebißkranker auf.

Wie ist der Kerl hier hereingekommen? Sieht denn niemand, was los ist? Wo bleibt der Blaschek? Ist der blind? Sie sind doch zu zweit für die Bewachung des Häftlings zuständig. Soll er den Schlamassel alleine ausbaden? Er hält Ausschau nach seinem Partner und entdeckt ihn bei der Anmeldung, wo er eifrig auf die Dame hinter der Balustrade einredet.

Verdammt, wieso tut der seine Arbeit nicht, wie es sich gehört? Wieso baggert er im Dienst diese Krankenschwester an, statt ihm zu helfen?

»Wird's bald!« mahnt der junge Mann mit dem Pferdeschwanz und rückt die Waffe noch höher zwischen die Schulterblätter des Beamten. Der Wachmann hat keinen Zweifel daran, daß sie auch entsichert und schußbereit ist. So wie dieser Kriminelle aussieht, macht er keine Fehler.

Zögernd greift der Uniformierte in seine Tasche. Seine Finger schließen sich um den Schlüssel, der die Handschellen aufsperrt. Was soll er tun? Sich weigern? Widerstand leisten, den Helden spielen?

»Mach' die Handschellen auf!«

»Sind Sie wahnsinnig? Was glauben Sie, wie weit Sie kommen werden?« mischt sich der Zahnarzt plötzlich ein. Er hat den ersten Schock überwunden und sich auf seine Zivilcourage besonnen.

»Halt' dich da raus!« faucht der Pole mit der Waffe und stößt ihn brutal aus dem Weg. Der Arzt taumelt gegen die Wand.

Eine Silberschale mit Instrumenten klirrt zu Boden, aber niemand sieht zu ihnen her. Anscheinend passiert sowas öfter.

Der Polizeibeamte holt tief Luft. Er ist nicht lebensmüde. Er verzichtet darauf herauszufinden, ob der zweite Gangster im Notfall seine Waffe tatsächlich gebrauchen wird. Er gibt den Schlüssel für die stählernen Fesseln widerstandslos heraus.

Auf diesen Moment hat Jerszy Borek gewartet, seit er an diesem Morgen seine Augen aufgeschlagen hat. Er reißt sein Handgelenk mit solcher Wucht aus der aufspringenden Stahlklammer, daß der Beamte nach vorne geschleudert wird. Ehe der begreift, was mit ihm geschehen ist, hat Borek bereits seine Dienstwaffe in der Hand. Gleichzeitig packt er die Kette, an der sein Bewacher noch hängt, und fesselt ihn mit der Handschelle, die er eben noch selbst getragen hat, an das Stahlgestänge des Behandlungsstuhles.

»Grüß' mir die anderen im Gefängnis ...«, spottet er, während der verblüffte Uniformierte in die Mündung seiner eigenen Waffe starrt. Es ist ihm ein Rätsel, wie das alles so schnell passieren konnte.

Der zynische Gruß reißt ihn allerdings mit einem Schlag aus seinem Schock. So einfach sollen die beiden Schurken nicht davonkommen! Das hier ist Wien und nicht Chicago! In Wien macht man sich nicht ungestraft über die Sicherheitskräfte lustig!

»Gefangenenbefreiung! Achtung!« schreit er aus voller Kehle.

Er glaubt das Richtige zu tun, aber sein Alarmschrei löst eine Katastrophe aus. Die beiden Verbrecher zögern nicht.

Ihre Waffen bellen auf, Menschen kreischen in Panik. Der zweite Polizist fährt auf dem Absatz herum und greift ebenfalls nach der Pistole. Ein wirres Chaos aus Schüssen, Schmerzensschreien und plötzlichem Tod erfüllt den Behandlungsraum.

Der Zahnarzt, der den Häftling eben noch behandelt hat, stürzt getroffen zu Boden, und auch der blonde Gangster, der seinen Freund befreit hat, wird angeschossen. Er schreit auf und preßt die freie Hand auf eine heftig blutende Wunde im Bauch. Mühsam taumelt er hinter dem Flüchtenden zum Ausgang. Eine Treppe weiter und kurz vor dem rettenden Ausgang auf den Hof verlassen ihn jedoch endgültig seine Kräfte. Er bricht zusammen.

»Ich kann nicht mehr ... Sieh zu, daß wenigstens du hier herauskommst ...«, keucht er.

Für einen Atemzug lang ist Jerszy Borek unentschlossen. Er schaut auf seinen Freund, der ihn als einziger nicht im Stich gelassen hat. Der dafür gesorgt hat, daß er endlich aus dem Gefängnis entkommen ist.

Sie haben beide vom Reichtum geträumt. Von dem großen Coup, der ihnen soviel Geld einbringen wird, daß sie bis ans Ende ihrer Tage davon leben können. In Freiheit und ohne jemals wieder im Dreck zu sitzen, wie sie es jahrelang getan haben. Soll das alles schon vorbei sein, ehe es richtig begonnen hat?

Nein, eine Chance haben sie noch. Einer von ihnen muß durchkommen und das Geschäft abwickeln. Nur er kann es tun, denn nur er kennt das Versteck der Ware. Es stimmt, er muß den Blonden zurücklassen, sonst haben sie ohnehin keine Aussicht auf Erfolg.

»Mach dir keine Sorgen, ich hole dich raus!« verspricht er dem stöhnenden Mann. Ein Autoschlüssel wechselt den Besitzer, der Verletzte keucht ein paar Informationen, und Jerszy Borek stürzt davon.

Bis die Nachricht von seiner blutigen Befreiung das Polizeipräsidium erreicht, ist er spurlos verschwunden. Auf und davon in einem kleinen Kombi des Blutspendedienstes, den er im Hof der Klinik kurz entschlossen gestohlen hat. Ein sehr auffälliges Fahrzeug, aber er hat keinen weiten Weg. Er muß nur das Parkhaus in der Innenstadt erreichen, in dem sein eigenes Auto auf ihn wartet.

Jener Wagen, den er dringend benötigt, wenn er zu Ende bringen möchte, was vor sechs Monaten gewaltsam unterbrochen wurde. An diese Verhaftung und an die Zeit im Untersuchungsgefängnis will er nicht mehr denken. Das ist vorbei. Er wird nie wieder hinter Gitter gehen, das steht fest.

Er zwingt sich, langsam zu fahren. Er nimmt an, daß es einige Zeit dauern wird, bis in dem Durcheinander in der Klinik auch der Autodiebstahl bemerkt wird. Zuerst wird man sich um seinen Freund kümmern, aber der hält dicht. Auf den kann er sich verlassen. Ehe die Fahndung nach diesem Fahrzeug herausgegeben wird, hat er es längst irgendwo abgestellt.

Trotzdem will er kein Risiko eingehen. Das hätte ihm noch gefehlt, daß er ausgerechnet jetzt von irgendeinem idiotischen Verkehrsbullen aufgehalten wird, weil er eine alberne Geschwindigkeitsbegrenzung übertreten hat. Niemand kann ihn aufhalten! Absolut niemand! Auch nicht die Polizei!

Von Schuhen und Mördern

3

Rex entdeckt, daß Stockinger der Bequemlichkeit halber eine seiner Fußhüllen auszieht. Der Kriminalassistent macht das öfter. Vermutlich weil seine Schuhe ebenso steif und korrekt sind wie seine übrige Kleidung. Glänzend gewienert und knarzend neu. Da muß jeder normale Fuß gewissermaßen froh sein, wenn er wenigstens ab und zu mal seine Freiheit bekommt.

Stocki kratzt sich mit den Zehen an der Wade, und Rex sieht, daß er zu allem Überfluß auch noch ein riesiges Loch in einem Socken hat. Wenn das nicht die Zutaten zu einem amüsanten Streich sind, der ein bißchen Lachen in das Büro bringt!

Ob er sich mal ganz unverbindlich in die Nähe von Stockingers Schreibtisch schleichen soll? So als hätte er absolut nichts anderes im Sinn, als sich mal eben die Pfoten zu vertreten?

Rex schnaubt leise und legt den Kauknochen neben den Dinosaurier. Er will gerade auf die Pfoten kommen, als das Telefon plötzlich in die friedliche Bürostille schrillt.

Alle drei Menschen schrecken auf, und schlagartig kommt Leben in den bisher so geruhsamen Tag.

Richard nimmt das Gespräch an, und seine ernste Stimme in Verbindung mit den knappen, präzisen Rückfragen macht Rex klar, daß es Arbeit gibt. Richtige Arbeit, keinen dummen Papierkrieg. Er setzt sich aufmerksam und abmarschbereit auf seine Decke und verschiebt die Sache mit der braunen Fußhülle auf später. Anscheinend gibt es erst einmal Wichtigeres zu tun. Seine Ohren sind gespitzt, und seine ganze Haltung drückt Bereitschaft aus. Wann geht es los, Richie?

Anrufe wie dieser führen normalerweise in kürzester Zeit an einen Tatort. Tatorte sind etwas Tolles für einen Polizeihund. Dort gibt es jede Menge zu schnüffeln, zu suchen und zu erleben. Rex liebt es, wenn er seine Fähigkeiten unter Beweis stellen kann, wenn es Fährten, Hinweise und Spuren zu verfolgen gibt.

Worauf warten wir eigentlich noch? Ich will endlich los!

Verflixt, wieso setzt sich der Boß jetzt erst an die komische Flimmerkiste? Das kostet doch nur unnötige Zeit. Richard tippt blitzschnelle Befehle in die Tastatur, und auf dem Bildschirm taucht die Karteikarte eines Gangsters auf. Rex fiept enttäuscht. Was, kein Tatort? Aber warum sind alle so aufgeregt? Keiner schenkt ihm Beachtung, alle starren nur in den Computer.

Halten die ihn etwa für unwichtig? Glauben sie, daß ein Polizeihund kein Recht auf Information hat? Das kann sich Rex nicht gefallen lassen. Er erhebt sich und läuft an Richards Seite. Der hat allerdings im Moment Wichtigeres im Sinn, als mit seinem treuen Freund zu spielen. Er reagiert nicht einmal, als Rex sich herausfordernd auf seine Stuhllehne stemmt und so tut, als könne er die Karteikarte, die auf dem Bildschirm steht, ebenfalls lesen.

»Borek, Jerszy, 42 Jahre alt. Betrug, organisierter Diebstahl, mehrere Gewaltdelikte. Insgesamt acht Jahre Gefängnis. Bei uns war er seit sechs Monaten in Untersuchungshaft. Ich habe ihn damals verhaftet ...«, informiert Richard seine beiden Kollegen über die Personalien des Mannes, der soeben entflohen ist.

Die Schüsse in der Zahnklinik sind noch keine zehn Minuten verklungen, und der Polizeicomputer liefert auf Knopfdruck alle erforderlichen Informationen über den befreiten Häftling. Auch sein umfangreiches Vorstrafenregister ist dabei. Obwohl es nur die Delikte sind, die er begangen hat, seit er in Österreich lebt, ist die Liste auffallend lang. Jerszy Borek ist ein abgebrühter Gewalttäter, gefährlich und unberechenbar.

Rex läßt sich auf seine vier Pfoten zurückfallen. Die Sache mit dem Computer scheint länger zu dauern. Er setzt sich neben sein Herrchen und spitzt die Ohren. Er mag Richards Stimme. Der Klang einer Stimme ist überhaupt das Wichtigste für ihn bei einem Menschen. Er verrät ihm, was der Zweibeiner fühlt, was er möchte und ob er ihm wohlgesonnen ist.

So hört er zum Beispiel bei Stocki heraus, daß der in Wirklichkeit längst nicht so streng und steif ist, wie er nach außen hin tut. Daß er sich aus seltsamen, für Rex völlig unverständlichen Gründen immer unter Kontrolle halten möchte. Daß er keine Schwäche zeigen will und daß Gefühle ihm eher unheimlich sind.

Er möchte anscheinend nicht dabei erwischt werden, daß er jemanden gern hat. Dabei hat er nicht nur seine Familie, sondern auch seinen Freund Richard gern und den Höllerer ... und selbstverständlich auch Rex! Er weiß es selbst nur noch nicht so genau.

Sein Boß ist dagegen ein ganz anderer Typ. Immer geradeheraus, manchmal auch unüberlegt und temperamentvoll, aber dafür auch absolut ehrlich. Ein Gerechtigkeits-Fanatiker, der allergisch auf jede Art von Unrecht reagiert. Einer, der für seine Freunde ohne zu fragen durchs Feuer geht und der sich schrecklich über die schlimmen Dinge aufregen kann, die täglich um ihn herum passieren. So wie jetzt.

Rex kann nachempfinden, daß er wütend und empört ist. Daß er sich zwar bemüht, seine Verärgerung unter Kontrolle zu halten, daß er sich aber doch maßlos über die Schweinerei entrüstet, die in der Zahnklinik passiert ist. Wenn Unschuldige zu Schaden gekommen sind, ist er besonders erbittert. Dann läßt er nicht locker, bis er den Schuldigen dafür zur Rechenschaft gezogen hat.

»Da war eine Schießerei mit zwei anderen Polen«, berichtet er seinen Kollegen von der Verhaftung vor einem halben Jahr. »Einer tot, einer schwer verletzt. Mit Sicherheit war Borek einer der Täter, die beiden anderen sind entkommen.«

»Um was ist es denn gegangen?« erkundigt sich der gemütliche Höllerer, dessen bunte Hosenträger sich über einen stattlichen Bauch spannen. Es sieht so aus, als würden sie diese Rundung zusammenhalten, damit sie nicht über den Hosenbund fällt. »Um Drogen?«

»Wahrscheinlich«, vermutet Richard Moser. »Zumindest haben das damals die Kollegen von der Drogenfahndung übernommen. Borek und seine Komplizen haben früher schon mehrfach mit Drogen gedealt. Vielleicht wollten sie bei diesem Coup kein Geld ausgeben . . .«

»Kann schon sein«, beteiligt sich auch Stockinger nachdenklich an den Mutmaßungen. Wie üblich ist er genau informiert und will den anderen demonstrieren, wie gut er Bescheid weiß. »Die bringen seit einiger Zeit fast reinen Stoff herein, der auch noch billiger ist.«

»Wir wissen es aber nicht«, warnt Richard vor Spekulationen. »Borek hat nämlich auf seiner Flucht die Beute versteckt und nach seiner Verhaftung dichtgehalten. Wahrscheinlich wollten die ihn rausholen, weil er als einziger das Versteck kennt!«

Rex schnauft träge.

Wie lange das wieder dauert. Das mit dem Tatort war offenbar ein Irrtum von ihm. Büro ist auch weiterhin angesagt und damit eine gewisse Eintönigkeit. Jede Ablenkung wäre jetzt recht. Er sinkt neben dem Boß auf den

Boden und schaut enttäuscht in die Runde. Tischbeine, Stuhlbeine, Schrankbeine, Menschenbeine. Zum Gähnen einschläfernd.

In dieser Lage ist sogar Stockis Fuß mit dem Loch in der Socke, der sich schon wieder am anderen Bein kratzt, eine aufregende Unterhaltung. Stockis blasse, große Zehe blinkt durch das Loch.

Zum Reinbeißen verlockend. Allerdings gäbe das vermutlich Ärger, selbst wenn es nur als Scherz gemeint ist. Aber hatte er da vorhin nicht eine ganz andere, viel bessere Idee?

»Und die Drogenfahndung hat damals nichts gefunden?« forscht Höllerer oben weiter.

»Nicht viel.« Richard Moser tippt neue Befehle in seinen Computer, und Rex kann das feine Summen der Maschine hören, die ihre Arbeit tut. Er mag den komischen Kasten nicht sonderlich. Er lenkt die Menschen von wichtigeren Dingen ab. Zum Beispiel davon, mit Rex zu spielen oder ihn wenigstens zwischendrin mal kurz zu streicheln.

»Borek ist nach der Schießerei geflüchtet und in der Nähe festgenommen worden. Wo die Beute geblieben ist, weiß keiner . . .«

Ganz langsam rückt Rex ein Stückchen näher an Stokkis Schreibtisch. Niemand beachtet sein Manöver. Die drei Männer starren wie gebannt auf den Bildschirm. Das ist seine Chance! Behutsam nimmt er Stockis braunen Schuh zwischen die Zähne. Hat jemand was gemerkt?

Keine Reaktion. Er kann in aller Ruhe Ausschau nach einem passenden Versteck für seine Beute halten. Eines, das Stockinger nicht gleich auf Anhieb findet und das groß genug für das Fußding ist.

Ja, wunderbar, der neue Metall-Papierkorb ist genau das Richtige. Es rappelt ein bißchen, als der Schuh hineinfällt. Ein leises Geräusch, das nur Richard auffällt. Er schaut verblüfft in Rex' Richtung. Dann erkennt er, was da im Gang ist, und unterdrückt ein Grinsen.

Peter Höllerer hat es ebenfalls gemerkt, weil er Richards unerwartete Kopfbewegung gesehen hat, aber Stocki bleibt völlig ahnungslos. Richard und Peter tauschen einen vielsagenden Blick, aber keiner sagt etwas. Rex schnauft zufrieden, als er erkennt, daß ihn keiner verraten wird. Sehr freundlich, danke.

Stockinger ist ganz in die Informationen auf dem Bildschirm vertieft. Er scheint sogar vergessen zu haben, daß er am linken Fuß keinen Schuh trägt. Rex kann sich in aller Ruhe die leere Wurstsemmeltüte suchen und seine Beute damit zudecken. Zu einfach will er das Spiel ja auch nicht machen. Stockinger soll schon etwas zu arbeiten haben, wenn es ihn irgendwann an seiner fast nackten Zehe friert. Das ist nachher der schönste Teil des Spieles, auf den freut er sich schon.

Inzwischen gibt es endlich genauere Berichte darüber, was in der Zahnklinik im einzelnen passiert ist. Es sind schlimme Neuigkeiten.

»Borek ist aus dem Spital entkommen!« Höllerer hat das Telefongespräch geführt und faßt die dramatischen Ereignisse knapp zusammen. »Dabei hat er noch einen Kollegen angeschossen. Der Komplize von Borek wird noch operiert. Es besteht akute Lebensgefahr.«

»Weiß man schon, wer er ist?« erkundigt sich Richard. Vielleicht ist dieser Mann ebenfalls im Computer registriert, und möglicherweise finden sie in seiner Akte ja einen Hinweis darauf, wo Borek sein könnte. Im Moment müssen sie jeder noch so kleinen Spur nachgehen.

»Er hat keine Papiere bei sich gehabt. Die Fingerabdrücke sind schon unterwegs ...«

»Und was ist mit dem Zahnarzt?«

Peter Höllerer weicht den Augen des Kommissars aus. Nachrichten wie diese sind es, die ihm seinen Beruf schwer machen. »Der ist tot.«

Für Ernst Stockinger ist diese unglaubliche Brutalität der Täter ein weiterer Anhaltspunkt dafür, daß es um größere Mengen Drogen gegangen sein muß. Er hat die Rundschreiben gelesen, die vom Drogen-Dezernat auch an die anderen Abteilungen im Polizeipräsidium versandt werden. Im Gegensatz zu Richard liest er jede einzelne Zeile, die über seinen Schreibtisch geht. Die Kollegen sehen sich seit der Öffnung der Ostgrenzen verstärkten Problemen gegenüber.

»Die Ost-Dealer sind Profis. Die legen sich doch nicht wegen jeder Kleinigkeit um. Es muß um viel gegangen sein. Wahrscheinlich ein ganzer Kofferraum voll«, argwöhnt er aus diesem Grund.

»Was sagst du zu einem Pilotenkoffer?«

Der Kommissar hält Stockinger eine alte Akte hin, die er aus dem Stapel auf seinem Schreibtisch gezogen hat. Er ist zwar nicht so ordentlich wie sein erster Assistent, aber er weiß immer genau, wo er hingreifen muß, damit er die wichtigen Dinge findet.

Er hat es irgendwie im Gefühl gehabt, daß der Fall Borek noch nicht abgeschlossen ist, obwohl er selbst den Schuldigen hinter Gitter gebracht hat. Es gibt manche Fälle, die wollen ihm einfach nicht aus dem Sinn gehen. Obwohl er wirklich genug zu tun hat und froh über jede geschlossene Akte sein müßte.

»Da schau her!« Er deutet auf ein Vernehmungsprotokoll. »Ein Zeuge hat Borek damals mit so einem Koffer auf der Flucht gesehen! Aber als ich ihn verhaftet hab', hatte er keinen mehr . . .«

»Naja, bitte.« Stocki fühlt sich bestätigt. Er schaut die beiden anderen so triumphierend an, als hätte er selbst diese Aussage gemacht. »Ein Koffer voll mit reinem Heroin ist ja auch nicht grad' wenig.«

Richard Moser nickt nachdenklich. Sein erster Assistent hat zwar seine Eigenheiten, aber er ist ein guter Polizist. Ein logischer Denker, der seine Fälle eher mit Köpfchen als mit körperlicher Kraft löst. An dem was er sagt, ist durchaus etwas dran.

Solange sie keine Spur von Borek selbst haben, sollten sie sich vielleicht noch einmal auf die Suche nach seinem Koffer machen!

Es ist ja nicht von der Hand zu weisen, daß Borek das Gleiche tut. Daß er seinen Koffer aus dem Versteck holt, um seinen Inhalt – was immer es ist – zu Geld zu machen. Denn Geld braucht er, wenn er auch nur den Hauch einer Chance haben will, der Polizei zu entkommen.

»Auf jeden Fall werden wir uns in der fraglichen Gegend genau umsehen«, beschließt er und klappt die

Akte wieder zu. »Wenn Borek schon ausbricht, dann muß er den Koffer holen ...«

»Sag mal' haben die damals einen Drogensuchhund gehabt?« Höllerer kennt nur einen erfolgversprechenden Weg, einen verschwundenen Koffer zu suchen.

»Frag' mal nach«, rät der Kommissar und fügt aber gleich geistesabwesend hinzu: »Aber wenn es Drogen waren, dann hätten sie die Hunde doch gefunden! Oder ...«

Er bricht ab. Hunde wie Rex wittern so gut wie jedes Drogenversteck. Dafür sind sie schließlich ausgebildet. Und wenn sie nichts entdecken, kann das doch eigentlich nur eines bedeuten ...

Er legt die Stirn in Falten und schweigt nachdenklich. Höllerer fragt sich, was ihm wohl durch den Kopf geht. Er wartet eine Weile, aber Richard sagt nichts mehr.

»Oder was?« erinnert ihn Peter Höllerer auffordernd daran, daß niemand im Büro Gedankenleser ist.

»... oder es waren gar keine Drogen im Koffer!« vervollständigt Richard seinen Satz.

Er betrachtet den großen Stadtplan von Wien, der an einer Wand des Büros hängt, während sein Gehirn auf Hochtouren arbeitet. Was ist klein genug, um in einen Koffer zu passen, und wertvoll genug, um dafür rücksichtslos Menschenleben aufs Spiel zu setzen? Geld? Juwelen? Technische Produkte? Geheime Unterlagen? Angesichts des kleinen Umfanges muß es sich in jedem Fall um hochbrisantes Material handeln. Wo wurde in den letzten Monaten so etwas gestohlen? Borek ist Pole, also vermutlich im Osten, da hat der Stocki sicher recht.

Aus den Fahndungslisten ist wenig zu ersehen. Schade, daß sie so gar keinen Anhaltspunkt haben. Die Kollegen im Osten sind überfordert und unterbesetzt. Man erhält zwar Auskünfte von ihnen, aber nur wenn man konkrete Fragen hat und möglichst keine Wunder erwartet.

Hinzu kommt, daß Borek zwar Pole ist, aber ebensogut für die Russen wie für die Tschechen oder die Rumänen arbeiten kann. Männer wie er verkaufen ihre Loyalität stets an den Auftraggeber, der am meisten bezahlt. Sie kennen keine Skrupel.

»Was könnte sonst so wertvoll sein, daß es deshalb bereits Tote und Schwerverletzte gibt?« Logisch, daß Stocki in dieselbe Richtung denkt. Er findet immer den Punkt, auf den es am Ende ankommt.

Richard zuckt mit den Achseln. »Vor ein paar Jahren hätte ich dir das sofort sagen können. Aber heute? Wir haben die organisierte Kriminalität hier. Die machen alles mögliche: Drogengeschäfte, Betrug, bis hin zum bestellten Mord. Wien hat sich sehr verändert, aber wer von den Wienern will das schon wissen?«

»Und wo genau hast du Borek damals eigentlich verhaftet, Richard?«

Höllerer geht die Sache lieber ganz praktisch an. Es liegt ihm nicht, Theorien zu basteln und wie ein Schachspieler tausend Möglichkeiten im voraus zu bedenken. Er tritt an den Stadtplan, um sich von Richard die genaue Straßenkreuzung zeigen zu lassen.

Auch Stocki will sich dem Kriegsrat anschließen. Erst jetzt fällt ihm auf, daß er nur zur Hälfte ›beschuht‹ ist. Wo hat er den linken vorhin eigentlich abgestreift? Unterm Schreibtisch vermutlich. Er bückt sich und schaut unter die Platte. Nichts. Ein paar Schmutzkratzer, die Putzfrau hat mal wieder ziemlich schlampig gearbeitet, aber weit und breit kein Schuh! Das gibt's doch nicht!

Rex blinzelt vergnügt, endlich ist Stocki aufgewacht. Jetzt wird es richtig lustig. Die dunkle Schnauze genüßlich auf die plüschigen, hellbraunen Vorderpfoten gelegt, sieht er dem Kriminalassistenten dabei zu, wie er immer nervöser wird. Am Ende kriecht Stocki sogar auf allen Vieren unter den Schreibtisch. Schön! Rex brummt vor Vergnügen und macht damit sein Herrchen auf die Szene aufmerksam.

»Glaubst du, daß Borek den Koffer bei uns versteckt hat, Stocki?« grinst Richard. Er weiß natürlich, was der andere sucht, aber kann der Versuchung nicht widerstehen, Stocki aufzuziehen. Niemand braust so schön auf wie Stocki, wenn nicht alles nach Plan geht.

»Sehr witzig! Mein Schuh ist weg!« empört sich der Kriminalassistent.

Der Kommissar kann sich das Lachen kaum verbeißen. Das Duo Rex und Stockinger ist wirklich immer für eine lustige Einlage gut. Rex sieht aus, als würde er jeden Moment laut loslachen, und Stocki bemüht sich vergeblich, das Loch in seiner Socke zu verstecken. Du lieber Himmel, das hat er heute morgen gar nicht bemerkt! Das ist ja schrecklich peinlich!

»Da kann man sehen, wie die Kriminalität steigt«, nickt Richard voller Mitgefühl. Mit Ausnahme von Stocki hören alle ganz deutlich, wie er sich dabei mühsam das

Lachen verbeißt. »Jetzt kommen sogar schon bei uns die Sachen weg. Was Rex?«

Rex winselt zustimmend und wechselt mit der Schnauze betont harmlos von einer Pfote auf die andere. Es gefällt ihm, daß Stockinger zunehmend unwirscher wird. Niemand kann so großartig spielen wie Stocki! Wann bekommt man schon einen Kriminalassistenten zu sehen, der auf Händen und Füßen durch das Büro kriecht? Und noch dazu im dunklen Anzug und mit baumelnder Krawatte!

Daß Moser und Höllerer inzwischen auf dem Stadtplan das fragliche Gebiet mit bunten Stecknadeln markieren, in dem nach Borek und seinem möglichen Koffer gesucht werden muß, interessiert Rex nur am Rande. Er läßt Stocki nicht aus den Augen. Wie er prustet und schnauft – wie der Boß, wenn er morgens zum Joggen geht. Sein Kopf ist auch schon ganz rot, und seine tadellose Frisur sträubt sich in alle Himmelsrichtungen.

»Der Zeuge hat ihn noch hier mit dem Koffer gesehen. Also kommen nur diese Straßenzüge und ein paar Seitengassen in Betracht«, erklärt der Boß währenddessen dem zweiten Assistenten.

Und Höllerer antwortet in seiner ruhigen, bedächtigen Art: »Na, das ist immer noch ein recht großes Gebiet zum Überwachen ...«

»Wir könnten ein paar Leute mehr brauchen«, stimmt ihm Richard zu. Er weiß selbst, daß sie eine winzige Stecknadel im Heuhaufen suchen. Aber, was können sie schon anderes tun? Auch ein Polizist benötigt manchmal ein bißchen Glück für seine Arbeit.

»Verständige die anderen, und gib ihnen eine aktuelle Beschreibung von Borek. Und wenn der Kollege Stockinger seinen Schuh gefunden hat, kann er ja mitkommen ...«

»Jaaa!« erwidert Stocki gereizt und kommt wieder auf die Beine. »Der kann doch net spurlos verschwunden sein, des gibt's doch net!«

Er schaut fassungslos durch das große Büro und begreift immer noch nicht, wer der Übeltäter ist, der ihm diesen Streich gespielt hat. Er ist fast schon dabei, an Bürogespenster und Wunder zu glauben.

Dafür merkt Rex ziemlich genau, was ihm sein Herrchen signalisiert. Ein deutlicher Befehl steht in Richards Augen. Aber er kann sich einfach nicht entschließen, den schönen Spaß jetzt schon zu beenden. Stocki ist doch gerade so schön in Fahrt!

Ein bißchen noch, bitte!

Richard muß ausnahmsweise energisch mit seinem vierbeinigen Partner werden. »Also los, Rex! Jetzt zeig' ihm schon, wo du den Schuh versteckt hast!«

Stockinger fährt herum und mißt Rex mit einem zu tiefst beleidigten Blick. Also der war's! Natürlich, immer wieder dieser Hund! Wieso hat er sich das eigentlich nicht sofort gedacht?

»Also bitte, wo ist der Schuh?« schließt er sich Richards Befehl an.

Er putzt sich den Staub von den Hosenknien und rückt seine Krawatte wieder gerade. Sein Sinn für Humor ist ohnehin nicht besonders groß, und daß Rex ihn zum Narren gehalten hat, paßt ihm ganz und gar nicht. Dieses

Tier hat es einwandfrei auf ihn abgesehen. Er bekommt noch glatt einen Nervenzusammenbruch, wenn das so weiter geht. Ein Hund ist schon schlimm genug, aber ein Hund, der nichts als Dummheiten im Kopf hat, ist eine mittlere Katastrophe! Bei der nächsten Dienstbesprechung wird er das zur Sprache bringen! Hundertprozentig! So kann das nicht weitergehen. Richard muß eine andere Lösung für Rex finden!

Rex ist rundherum begeistert. So herrlich haben sie sich schon lange nicht mehr gemeinsam amüsiert. Soll das wirklich bereits vorbei sein? Merkt denn niemand, wie unheimlich komisch Stocki aussieht? Was ist los, mögen die drei heute keine Witze? Ist der neue Fall so wichtig, daß keine Zeit zum Lachen übrig bleibt?

»Komm' Rex, wie schaut denn das aus, wenn er den ganzen Tag hinter uns herhumpelt? Außerdem hat er ein Loch in der Socke!«

An Richard Mosers Ton merkt Rex, daß es höchste Zeit zum Einlenken ist. Schade, er hätte gerne noch ein bißchen weitergemacht. Aber wenn es unbedingt sein muß, ist er ja bereit, Stocki seinen Schuh zu bringen. Langsam natürlich, damit es nicht so wirkt, als habe er sich von seinem Herrn unter Druck setzen lassen.

Gemessen stemmt er sich auf seine vier Pfoten und marschiert betont gemächlich zum Papierkorb. Er taucht mit der Schnauze hinein und packt sich die Wurstsemmeltüte. Mhm, schmeckt immer noch ein bißchen nach Schinken! Schade, daß sie schon leer ist!

Mit dem Papier im Maul setzt er sich dann neben dem stählernen Behältnis auf die Hinterpfoten und betrachtet

Beifall heischend sein Opfer. Na, hat er das nicht prima gemacht? Von selbst hätte Stocki dieses Extraklasse-Versteck vermutlich nie entdeckt. Vielleicht lobt ihn jetzt endlich mal jemand!

Ernst Stockinger könnte in diesem Moment schwören, daß Rex grinst. Bis hinter seine zwei Plüschohren, dieser vierbeinige Schlawiner! Er geht zum Papierkorb und fischt seinen Schuh heraus, um ihn endlich über den Fuß mit dem Loch in der Socke zu ziehen. Er findet es geradezu beschämend, daß er dieses Loch morgens beim Anziehen nicht bemerkt hat, aber daß es zum Bürogespräch geworden ist, das bringt ihn erst recht auf die Palme.

Rex schaut ihm dabei zu. Er bleibt so nachdrücklich mahnend neben Stocki sitzen, daß es sogar einem Kriminalassistenten auffallen muß, der von Hunden soviel versteht wie vom Sockenstopfen. Rex will etwas von ihm. Schon wieder oder noch immer. Wenn er nur wüßte was? Vielleicht würde dieser Vierbeiner dann endlich gehen und ihm nicht so beängstigend naherücken.

Rex spürt, daß der erste Kriminalassistent total angespannt und panisch reagiert. So ein dummer Mensch. Sie sind doch Freunde! Wann begreift er das endlich? Nur mit einem Freund erlaubt sich Rex solche Scherze! Er wird ihn schon noch von dieser dummen Angst vor Hunden kurieren! Aber das dauert natürlich. Er wird dem Stocki beibringen, wie er mit ihm umgehen muß. Er ist auf dem besten Weg dazu. Jetzt hat er sogar endlich begriffen, worauf Rex wartet. Auf eine Anerkennung natürlich.

»Danke!« sagt er.

Rex brummt freundlich. Beim nächsten Mal wünscht er sich den Tonfall eine Spur begeisterter, aber für den Anfang ist es ganz gut. Stockinger wird es schon noch lernen, da ist er ganz sicher.

Ein unschuldiges Opfer

4

Rex sitzt mit aufmerksam gespitzten Ohren auf dem Beifahrersitz des dunkelblauen Wagens. Von seinem Stammplatz läßt er sich nicht vertreiben. Nicht einmal von Ernst Stockinger. Aber der hat sowieso ohne großen Protest auf dem Rücksitz Platz genommen. Auch ihm ist dieser Platz inzwischen lieber als der vordere.

Ständig einen Rex im Nacken zu haben, der an seinem Hals schnüffelt, womöglich seine feuchten Hundeküsse verteilt oder hechelnd über seine Schulter schaut, ist ein Alptraum für ihn. Vorne hat er ihn wenigstens ein bißchen unter Kontrolle. Außerdem hat er da die ganze Rückbank, um ihm im Notfall auszuweichen.

Gemeinsam mit Rex und dem Kommissar schaut er prüfend die Straße entlang. Richard Moser fährt so langsam, daß sie sogar unter den Fußgängern nach einem bekannten Gesicht Ausschau halten können. Die Zeugen in der Zahnklinik haben Borek genau beschrieben: die tarnfarbene Windjacke, die strähnigen, dunkelblonden Haare, das Wieselgesicht mit den hellen, stechenden Augen, die ungepflegten Bartstoppeln. Vielleicht finden sie auch irgendwo den gestohlenen Wagen des Blutspendedienstes. Sicher hat ihn der Pole in der Nähe seines möglichen Beuteverstecks geparkt.

Höllerer koordiniert die verschiedenen Suchteams und steht mit Richard und Stockinger in ständiger Funkverbindung. Die gesamte Wiener Polizei ist in erhöhter Alarmbereitschaft. Das Netz um den flüchtigen Häftling zieht sich immer enger zusammen. Wenn er sich in der Wiener Innenstadt aufhält, kann er ihnen nach menschlichem Ermessen eigentlich nicht mehr entkommen. Es ist bereits mehr eine Frage der Geduld als des Glücks.

Jerszy Borek kann sich selbst ausrechnen, daß ihm alle auf den Fersen sind. Seine Nerven liegen blank. Obwohl er sein Fluchtfahrzeug längst gewechselt hat und im Augenblick zu Fuß unterwegs ist, spürt er instinktiv, daß sich da etwas zusammenbraut.

Er schaut prüfend über die Schulter, als er in das Dämmerlicht der großen Kirche tritt. Er fühlt sich verfolgt, auch ohne zu wissen, daß ihm Richard Moser bereits auf den Fersen ist. Dabei ist die prächtige Barockkirche mit den kostbaren Statuen und Schnitzereien fast leer. Lediglich ein alter Mann im schwarzen Anzug sammelt die Liederbücher ein, die auf den ersten Bänken liegen.

Borek muß nur abwarten, bis der Messner in der

Sakristei verschwindet, dann kann er kontrollieren, ob sein Versteck im Beichtstuhl inzwischen entdeckt wurde. Aber nein, er weiß, daß es nicht so ist. Wäre das der Fall gewesen, die Nachricht wäre sogar bis zu ihm in sein Gefängnis gedrungen. Alles ist in Ordnung. Er tut so, als würde er beten, und der Mann mit den Gesangbüchern verschwindet endlich in einem Seitenschiff.

»Könnte nicht dein Hund den Drogenkoffer suchen?« schlägt Stocki zur selben Zeit seinem Chef ein bißchen ungeduldig vor.

Er hält es für Zeitverschwendung, einfach auf gut Glück durch die Straßen der Innenstadt zu fahren. Gehört es nicht zu den Aufgaben eines Polizeihundes, seine Schnüffelnase einzusetzen? Dann könnte Rex mal wieder etwas tun und käme nicht auf so dumme Gedanken wie Schuhe zu verstecken und ähnlichen Unsinn. Dann würde er vielleicht müde und gäbe wenigstens für ein Stündchen Frieden.

»Nein«, lehnt Richard den Vorschlag ab. »Ich glaube nicht, daß in dem Koffer Drogen sind. Du hast doch von Höllerer gehört, daß die damals ebenfalls Hunde eingesetzt haben . . .«

»Wenn man nur wüßt', was wirklich in diesem blöden Koffer ist«, brummt der erste Kriminalassistent und fährt ängstlich zusammen, weil Rex den Kopf dreht. Das bringt seine beeindruckenden Zähne in bedenkliche Nähe von Stockis Händen, die auf der Rücklehne des Vordersitzes liegen. Stockinger nimmt sie hastig herunter.

Wer weiß, was diesem übermütigen Kerl heute noch alles einfällt.

»Heiße Ware, das ist das einzige, was wir mit Sicherheit sagen können«, behauptet sein Freund und Vorgesetzter. »Wien ist zum Umschlagplatz für alle möglichen Dinge geworden. Das weißt du doch selbst . . .«

Stocki nickt sorgenvoll; in ihrem Beruf werden sie schließlich Tag für Tag mit dieser dramatischen Veränderung ihrer Stadt konfrontiert. Die Mordkommission hat jede Menge Arbeit, und der flüchtige Borek ist nur einer der vielen Mörder, die ihnen das Leben schwermachen, allerdings ein besonders rücksichtsloses und brutales Exemplar.

»Ich glaub' trotzdem, daß das ziellose Herumgesuche Unfug ist«, behauptet Stockinger nach einer kurzen Denkpause. »Es gibt tausend Möglichkeiten, wo Borek einen Koffer versteckt haben könnte. Hast du eine Ahnung, wie viele Wohnungen es in diesem Viertel gibt? Wieviele Geschäfte, Restaurants und Kneipen? Vielleicht wohnt ein Komplize von ihm irgendwo hier?«

Wenn es nach ihm ginge, würden sie wieder ins Präsidium zurückkehren und ihre Arbeit vom Büro aus tun. Im Gegensatz zu seinem Freund und Vorgesetzten fühlt er sich dort am wohlsten.

»Komm, du weißt doch selbst, daß das ein gutbürgerliches Viertel ist. Einer wie Borek würde hier auffallen wie ein bunter Hund!« winkt Richard ab. »Nein, der hat sich damals behelfen müssen, das wette ich. Viel Zeit hat er nicht gehabt, seinen Koffer zu verstecken, dafür waren wir ihm zu dicht auf den Fersen. Der war garantiert in keiner Wohnung, und in einer Kneipe oder einem Geschäft hätte es Zeugen gegeben. Aber niemand hat ihn gesehen. Der war allein und auf der Flucht vor der Polizei, und zwar in einer Gegend, in die er durch puren Zufall geraten ist. In der er sich nicht ausgekannt hat . . .«

Er unterbricht sich im selben Moment. Er bremst den ohnehin langsamen Wagen unvermittelt ganz ab und starrt gebannt in den Außenspiegel. Das darf doch nicht wahr sein, was er da sieht!

»Was ist?« erkundigt sich Stocki ungeduldig und schaut in alle Richtungen. Warum bleiben sie jetzt auch noch stehen?

»Schau mal, wer da aus der Kirche kommt . . .« Moser flüstert so leise, als ob er Angst hätte, daß ihn der Mann mit dem Pilotenkoffer auf diese Entfernung hören kann. Das ist natürlich unmöglich, aber er kommt nahe genug, daß man ihn zweifelsfrei erkennt. Ernst Stockinger bleibt der Mund offen stehen.

Borek versucht nach allen Seiten gleichzeitig zu sichern. Seit er seinen Koffer unter der Bank des geschnitzten Beichtstuhles hervorgeholt hat, wo er ihn kurz vor seiner Festnahme versteckte, sind alle seine Sinne auf Alarm geschaltet. Immer wieder kontrolliert er die Straße, die er entlanggeht. Ein Auto hält dort. Ein dunkler Wagen. Italienisches Fabrikat. Wiener Kennzeichen. Er kann einen Hund hinter der Windschutzscheibe erkennen. Unverdächtig.

Oder doch nicht? Zwei Männer steigen gleichzeitig

aus. Sehr langsam und irgendwie nicht wie normale Passanten. Sie schauen in seine Richtung und greifen beide vielsagend unter ihre Jacke. Dort, wo Polizisten normalerweise ihre Dienstwaffe tragen. Bullen! Verdammt, die haben ihre Rechnung aber ohne Jerszy Borek gemacht! Er reißt die Maschinenpistole unter dem Blouson hervor und richtet sie auf die beiden Männer. Beim ersten Aufblitzen der Waffe bringen sich Richard und Stocki mit einem Hechtsprung vor der Motorhaube in Deckung. Aber Borek schießt erstaunlicherweise nicht. Er rennt so schnell er kann davon.

In der einen Hand das Schnellfeuergewehr, in der anderen den Koffer, verschwindet er im Laufschritt um die nächste Straßenecke. Der Verkehr und die Menschen in der Wiener Innenstadt sind seine Deckung. Die beiden Beamten können es ebenfalls nicht wagen, von der Waffe Gebrauch zu machen. Sie würden vielleicht Unschuldige treffen.

Sie springen in den Wagen zurück, um den Verbrecher zu verfolgen. Richard lenkt, und Stockinger gibt Höllerer in der Einsatzleitung im Telegrammstil die nötigen Informationen. »Der Kerl ist bewaffnet! Ein russisches Schnellfeuergewehr! Er läuft in Richtung Fußgängerzone, die Kleidung hat er nicht gewechselt, die Beschreibung gilt noch ... Wir versuchen mit dem Wagen dranzubleiben ...«

Jetzt wird es eng für den Polen.

Auch Borek weiß das. In diesem Moment fällt ihm die Pferdekutsche auf, die eben in eine schmale Gasse nach links abbiegt. Einer von den schwarz lackierten Fiakern, die zu Wien gehören, wie die Türme des Stefansdoms. Eine offene Kutsche, in der sich eine Gruppe Touristen gemütlich durch die Stadt schaukeln läßt. Eine perfekte Deckung! Das Fahrzeug nimmt die volle Breite der Straße ein. Kein Auto kommt an diesem Hindernis vorbei! Auch kein Polizeiauto!

Richard Moser muß zähneknirschend mitansehen, wie Borek vor den Pferden verschwindet und an Vorsprung gewinnt. So nicht! Er hält halb auf dem Gehweg an und springt aus dem Fahrzeug.

»Du bleibst hier, Rex!«

Ein Befehl, so strikt wie selten. Rex bellt aufgeregt hinter den beiden Männern her, die im Laufschritt davonstürmen. Aber er wagt nicht, noch einmal eine Anordnung seines Herrn zu übergehen. In einem solchen Moment erwartet der Kommissar strikten Gehorsam von seinem Partner. Bei der Arbeit hört der Spaß auf. Das laute Bellen geht in ein leises Winseln über, und Rex setzt sich wieder.

Hoffentlich dauert das jetzt nicht so lange! Schade, daß sie mich nicht mitgenommen haben!

Borek hört die Polizeisirenen. Sie kommen näher und näher. Er wird eingekreist, jeden Moment gestellt! Aus allen Richtungen tönt der Alarm, und in jeder Straßeneinmündung des Platzes, auf den er geraten ist, tauchen plötzlich Polizeiwagen auf. Hastig schaut er sich um. Sucht nach dem Ausweg, den es einfach geben muß!

Plätze wie diesen gibt es viele in Wien. Sie sind von

ehemaligen Adelshäusern und Palästen gesäumt, deren prächtig renovierte Fassaden Wohlstand und teure Mieten verraten. In denen Banken, Versicherungen und teure Büros stecken. Häuser, die feindlich und abschreckend auf einen wie Borek wirken. Ist dies das Ende? Hat er dafür gestohlen und getötet? Soll alles umsonst gewesen sein?

Die vielen Polizeiautos erregen auch die Aufmerksamkeit der Fußgänger.

Manche bleiben sogar stehen, aber keiner von ihnen achtet auf den Mann in der schmuddeligen, graubraunen Windjacke, der sich in einem der hochherrschaftlichen Hauseingänge gegen eine Säule drückt. Auch Franziska schaut bloß neugierig auf das Auto, das unvermittelt aus der Gasse neben ihr mit quietschenden Reifen auf den Platz schießt.

Uniformierte Polizisten springen wie in einem Gangsterfilm auf die Straße. Sie tragen sogar richtige Waffen! Ob da ein Film gedreht wird? Sie bleibt zögernd stehen, es sieht interessant aus. Wirklich schade, daß sie keine Zeit hat, länger zuzusehen. Sie würde so gerne dabei sein, wenn ein richtiger Kriminalfilm entsteht.

Aber sie muß pünktlich sein; Frau Professor Dr. Dorothee Synek wird schrecklich böse, wenn man zu spät kommt. Sie hält einem dann Vorträge über Ordnung und Pünktlichkeit und läßt einen anschließend die dümmsten Sachen wieder und wieder üben. Nicht zur Strafe, sondern zur Stärkung der Disziplin.

Franziska zieht eine heimliche Grimasse. Manchmal, findet sie, übertreibt es die Frau Professor mit ihrer eisernen Disziplin. Aber wer wagt es schon, gegen die Frau Professor aufzumucken?

Jerszy Borek sieht sie genau auf sich zukommen. Ein achtjähriges, blondes Mädchen, das eine bunte Sporttasche über der Schulter trägt und zielgerichtet, völlig unbeschwert auf ihn zumarschiert. Ein sehr hübsches Mädchen, das sich betont gerade hält und fasziniert von den Polizeiautos ist.

Franziska bemerkt nicht, daß sie beobachtet wird. Sie schaut gerade auf ihre Armbanduhr und stellt fest, daß sie schon zuviel Zeit verbummelt hat. So etwas Dummes! Jetzt muß sie am Ende noch rennen!

Inzwischen sind die Besatzungen der Streifenwagen ringsherum in Stellung gegangen. Zahllose Waffen richten sich auf Borek. Die Situation spitzt sich zu. Jede Sekunde wird der erste Schuß fallen. Der Pole sieht nur einen Ausweg. Er handelt blitzschnell, als Franziska an ihm vorbeilaufen möchte.

Er packt das verblüffte Mädchen und reißt es an sich. Franziska spürt den Ruck, der ihr fast den Arm bricht, und ihr Schrei erstickt unter einer groben Männerhand. Sie ist genau der Kugelfang, den Borek gesucht hat. Jetzt können die Bullen keinen einzigen Schuß riskieren, ohne ihr Leben zu gefährden! Mit raschen Blick prüft er die Lage. Er hat keine Wahl. Ihm bleibt nur das Haus!

Franziska zappelt hilflos in seinem rücksichtslosen Griff. In ihren aufgerissenen Augen steht Verständnislosigkeit. Sie begreift nicht, was passiert ist. Der Mann tut ihr weh, und sie bekommt keine Luft mehr. Alles dreht sich um sie herum!

Richard und Stocki sehen gerade noch, wie Borek das strampelnde Kind ins Haus zerrt. Die prächtige Tür mit den geschnitzten Kassettenornamenten fällt dumpf hinter den beiden zu. In diesem Moment bemerkt der Kommissar das rote Schild mit den vornehmen Metallbuchstaben rechts neben diesem Eingang.

›Ballettschule Prof. Dr. D. Synek‹ steht darauf.

Du lieber Himmel, auch das noch! Das ganze riesige Haus ist vermutlich um diese Zeit vollgestopft mit Kindern und Jugendlichen! Mit Tänzerinnen und Lehrerinnen! Mit ahnungslosen Opfern!

»Scheiße!« faßt Richard das Unglück in passende Worte. In dieser Notlage gibt es nur eines. »Verstärkung anfordern! Die ganze Gegend absperren!«

Stockinger gibt seine Befehle unverzüglich weiter. Wenn es sich um Organisation handelt, ist er der richtige Mann. Von allen Seiten kommen nun bewaffnete Polizeibeamte zur Unterstützung angelaufen, aber der Schaden ist schon passiert. Borek ist im Haus!

Drei weitere Mädchen eilen kichernd und redend über die Straße. Auch sie haben nur ihre Ballettstunde im Kopf und kümmern sich nicht im geringsten um das Polizeiaufgebot. In Wien ist ständig etwas los, das sind sie gewöhnt. Im letzten Moment kann sie der Kommissar davon abhalten, das Haus zu betreten.

»Der Unterricht fällt aus! Geht nach Hause, heute habt ihr frei!« Er schiebt die protestierenden Mädchen energisch vom Eingang weg und überläßt es seinen Kollegen, ihnen das Nötige zu erklären. Dafür hat er jetzt wirklich keine Zeit mehr.

»Kümmert euch um die Kinder!« ruft er. Dann folgt er Borek ins Haus.

Die schwere Tür fällt langsam hinter ihm zu, und er orientiert sich mit wenigen Blicken. Das Treppenhaus erinnert ihn an ein Museum. Riesige Wandteppiche, Marmorböden, breite Treppen und Statuen auf dem Treppenabsatz. Ein prächtiger Kronleuchter sorgt für Licht. Alles sieht gepflegt und sehr wohlhabend aus.

Es ist der sichtbare Beweis dafür, daß Frau Professor Synek eine der führenden Ballettschulen Wiens leitet. Eine Akademie, die ihre Schüler sorgfältig aussucht, die für ihre Lehrmethoden weithin anerkannt ist und künftige Ballerinas ausbildet.

Richard war noch nie in einer Ballettschule. In der Gegend, in der er aufgewachsen ist, gab es keine solchen Institute. Getanzt hat man dort höchstens zur Musik aus dem Kofferradio. Deswegen hat er nur eine höchst ungenaue Vorstellung von zierlichen Tänzerinnen im Spitzenröckchen, die an einer Stange üben oder graziös auf Spitzenschuhen über den Boden schweben. Bei weitem deutlicher kann er sich das Entsetzen ausmalen, das einer wie Borek verursacht, wenn er mitten in eine solche Unterrichtsstunde platzt. Bewaffnet und mit einer weinenden Geisel im Arm.

Denn daß die Kleine weint, das hört er bis ins Erdgeschoß. Sie schluchzt, und der Gangster flucht wütend in seiner Heimatsprache vor sich hin. Vorsichtig schleicht Richard hinter beiden die Treppe hinauf. Er sieht eben noch, wie der Pole die Tür zum Ballettsaal Eins öffnet. Er zögert, denn im Gegensatz zu dem Entführer kann er nicht in den Saal sehen. Er will niemand in Gefahr bringen, die Lage ist schwierig genug.

Jerszy Borek hingegen lächelt befriedigt. Besser hätte er es ja gar nicht treffen können. Eine schlanke, blonde Ballettlehrerin kontrolliert die Haltung einer der acht kleinen Ballerinas, die in rosa Trikots und weißen Ballettröckchen an der Stange stehen. Ihre französischen Kommandos kann der Pole nicht verstehen, aber er begreift auf Anhieb, daß ihm hier die Gelegenheit geboten wird, nach der er gesucht hat.

»Jetzt kannst du gehn! Weg, marsch!«

Er schubst die weinende Franziska heftig in Richtung Treppe. Ihr leises Klagen macht ihn nervös, und da drinnen sind genügend andere Opfer. Warum soll er sich mit diesem heulenden Bündel belasten? Er hebt seine Maschinenpistole höher und stößt die Tür ganz auf. Dann verschwindet er im Ballettsaal.

Franziska fällt fast über ihre eigenen Füße. Sie kann sich im letzten Moment am Treppengeländer festhalten, damit sie nicht stürzt. Da erst sieht sie den anderen Mann auf den Stufen. Er ist nicht so schrecklich wie der Kerl dort oben, aber er trägt auch eine Waffe. Sie weiß nicht, was sie tun soll. Sie hat Angst. Soviel Angst wie noch nie in den bisherigen acht Jahren ihres Lebens.

»Geh' raus! Schnell, geh' raus!« ruft Richard dem Mädchen leise zu. »Du brauchst keine Angst mehr zu haben. Ich bin von der Polizei, und unten warten auch lauter Polizisten auf dich. Geh' nur!«

Franziska setzt vorsichtig und angespannt einen Fuß vor den nächsten. Sachte, als wäre sie jetzt auch im Ballettunterricht. Erst als sie merkt, daß der bewaffnete Mann sich nicht um sie kümmert, sondern auf Zehenspitzen weiter nach oben schleicht, beginnt sie ihm zu glauben und läuft endlich hinunter.

So schnell wie noch nie fegt sie die Treppe abwärts und aus dem Portal, wo sie in den Armen eines Polizisten landet. Eines uniformierten Polizisten. Gott sei Dank, sie ist in Sicherheit. Der Mann hat recht gehabt. Jetzt kann ihr nichts mehr passieren.

Gefährliche Bedingungen

5

Bis Richard die geschlossene Tür im ersten Stock erreicht, ist drinnen bereits das Chaos ausgebrochen. Er hört das Kreischen der erschrockenen Ballett-Elevinnen und Boreks harte Kommandos.

»Alle hinsetzen! Hinsetzen, schnell! Hinsetzen habe ich gesagt . . .«

Er muß etwas tun. Um jeden Preis. Ehe da drin etwas Schreckliches passiert. Borek ist unberechenbar und schwer gewalttätig! Er versucht eine erste Kontaktaufnahme und schreit durch die geschlossene Tür: »Borek! Moser, Mordkommission! Ich möchte mit Ihnen reden!«

»Bleiben Sie von der Tür weg!« schreit der Pole

wütend. Er hat gewußt, daß ihm die Polizei dicht auf den Fersen ist, aber jetzt sind alle Trümpfe in seiner Hand. »Ich habe hier mehrere Kinder, also keine Tricks!«

Das scharfe Rattern der Maschinenpistole bellt auf. Eine tödliche Salve durchschlägt die doppelflügelige Holztür, als wäre sie aus dünner Pappe. Glücklicherweise hat Richard Moser mit einer solchen Panikreaktion des Gangsters gerechnet. Er steht längst im Schutz der Mauer neben dem Eingang, und die tödlichen Schüsse dröhnen nur durch das leere Treppenhaus.

»Borek, beruhigen Sie sich, tun Sie den Kindern nichts!« ruft er beschwichtigend, sobald sich der Lärm im Ballettsaal ein wenig gelegt hat. Er kann die Mädchen leise schluchzen hören. Dieser Mistkerl! Verdammt, es hilft nichts. Im Moment muß er sogar höflich zu diesem Schurken sein, obwohl er ihn am liebsten mit bloßen Händen erwürgt hätte.

»Das hängt ganz von Ihnen ab«, dringt die harte Stimme des Mörders zu ihm heraus. »Hier steht ein Telefon. Gehen Sie von der Tür weg, und rufen Sie mich an, wenn Sie mich sprechen wollen.«

Die Warnung ist deutlich. Richard Moser bringt sich aus dem Schußfeld und betritt einen leeren Unterrichtsraum auf demselben Stockwerk. Er tippt hastig eine Nummer in sein Handy. Stockinger ist beim ersten Klingeln dran, er hat längst auf diesen Anruf gewartet.

»Stocki! Der hat im Ballettsaal Kinder als Geiseln genommen! Laß sofort das ganze Haus evakuieren und hör zu, ich brauch' die Telefonnummer von dem Ballettsaal! Bitte beeil dich!«

Die Befehle des Kommissars setzen unverzüglich den gesamten Polizeiapparat in Gang. Auch Höllerer und die anderen Suchteams sind inzwischen eingetroffen. Moser kann sich auf seine bewährten Kollegen verlassen.

Bewaffnete Beamte beziehen Posten im Treppenhaus und in den übrigen Stockwerken. Die Räumung des Hauses beginnt. Richard hört es am leisen Stimmengewirr und den vielen trappelnden Füßen. Nur bei ihm oben in der ersten Etage des noblen Hauses herrscht geradezu gespenstische Stille. Die Ruhe vor dem Sturm.

Richard fragt sich zähneknirschend, was der Lump da drinnen wohl macht.

Während er die verängstigten Mädchen und ihre Ballettlehrerin mit der Maschinenpistole bedroht, beobachtet Borek, halb hinter dem dichten, gerafften Vorhang versteckt, wie das ganze Viertel um die Schule hermetisch abgeriegelt wird. Unten auf dem Platz vor dem Haus sind schon längst keine neugierigen Passanten mehr zu sehen, sondern nur noch Polizisten und bewaffnete Sicherheitskräfte. Ein ganz schöner Trubel für einen einzelnen Mann mit einer einzigen Waffe. Borek grinst zynisch.

Schon nach kurzer Zeit kann Stockinger dem Kommissar am Telefon melden, daß alles soweit in Ordnung ist. Auch das mobile Einsatzkommando mit den Spezialisten und Scharfschützen ist auf dem Weg, und die umliegenden Straßen wurden gesperrt. Borek sitzt in der Falle.

»Gut, Stocki!« sagt Moser, während sein Blick immer wieder zur geschlossenen Tür des Saales gleitet. »Versuch' auch irgendwo Grundrisse aufzutreiben. Baupläne von der Feuerwehr oder was weiß ich. Wir MÜSSEN wissen, wie der Raum aussieht!«

Ohne genaue Kenntnisse über den Raum, in dem der Pole die Kinder gefangen hält, sind Richard momentan die Hände gebunden. Borek scheint überreizt, nervös und unkalkulierbar. Eine falsche Aktion, und dem Blutbad in der Zahnklinik folgt eine zweite, noch schlimmere Katastrophe. Das kann niemand verantworten. Ein Glück, daß wenigstens auf diesem Stockwerk keine weiteren Ballettgruppen unterrichtet werden, das grenzt die Zahl der Geiseln ein. Freilich, an der Situation ändert es auch nichts mehr. Solange eine Waffe auf Kinder gerichtet ist, muß sich die Polizei machtlos den Forderungen des Geiselnehmers beugen.

Borek ahnt, daß die Polizei fieberhaft Pläne schmiedet. Aber noch wissen die Bullen ja nicht einmal, daß er einen weiteren Trumpf in den Händen hält. Einen dicken Brocken, der ihnen im Halse stecken bleiben wird. Er grinst hämisch und schaut über seine Schulter in die hintere Ecke des Saales. Dort kauert die Ballettlehrerin mit ihren Schülerinnen auf dem Fußboden. Alle haben sich eng aneinander gedrückt und würden sich am liebsten unsichtbar machen.

Die blonde Kursleiterin versucht so gut wie möglich, alle ihre Schützlinge in die Arme zu schließen. Sie ist ebenso erschrocken wie die Kinder, aber sie versucht, sich diese Angst nicht anmerken zu lassen. Sie weiß, daß sie ihren Mädchen beistehen muß, daß sie von ihr Trost und Hilfe erwarten. Doch sie kann nicht verhindern, daß die meisten von ihnen weinen.

Das Geräusch der schluchzenden Tänzerinnen geht dem reizbaren Borek auf die Nerven. Er muß seine Aufmerksamkeit zwischen dem furchtsamen Grüppchen und den Ereignissen auf dem Platz teilen. Er darf keinen Fehler machen. Er will heil aus dieser Sache herauskommen, Wien verlassen und endlich frei sein. Er ist fest davon überzeugt, daß er das Recht dazu hat. Wer sich ihm in den Weg stellt, ist selbst schuld an den Folgen.

Verdammt, müssen diese Gänse da hinten pausenlos flennen? Können sie nicht das Maul halten? Dumme, verwöhnte Bälge, um die es ohnehin nicht schade ist! Borek flucht lautstark. Glücklicherweise in seiner Heimatsprache, so daß keines der Kinder die obszönen Schimpfworte versteht. Ihr Ton ist bereits abscheulich genug.

»Halt endlich dein' Mund!« fügt er auf deutsch hinzu und richtet die gefährliche Waffe auf eines der verzweifelten Mädchen, das trotz seiner Drohung nicht zu schluchzen aufhört. Die kleine Balletteuse zittert vor lauter Angst.

»Du gehst mir auf die Nerven!« schreit er sie wutentbrannt an.

Die junge Ballettlehrerin, der selbst der Schock im Gesicht steht, versucht Anna zu schützen. Anna ist ihre Lieblingsschülerin, ein begabtes, empfindsames Kind, das alle Anlagen zu einer großen Tänzerin besitzt. Kein Mädchen, das sich beruhigt, wenn man es so brutal anbrüllt, wie dieser Mann es tut. Wenn sie nicht eingreift, wird Anna völlig hysterisch werden, sieht dieser schmutzige Kerl das denn nicht selbst?

»Wenn Sie sie anschreien, weint sie noch mehr ...«,

wagt sie zu widersprechen, aber ihre angestrengte Stimme bebt hörbar.

»Sie sollten besser dafür sorgen, daß sie damit aufhört!« droht Borek kalt. Er mag es nicht, wenn man ihm Ratschläge erteilt, und von einer Frau läßt er sich erst recht nichts sagen. Frauen haben den Mund zu halten und zu gehorchen.

Sein Tonfall jagt der blonden Tanz-Pädagogin einen Schauer des Entsetzens über den Rücken. Sie ist Tänzerin, Ballerina, und erst seit kurzer Zeit in der Akademie von Frau Professor Synek. Sie unterrichtet Spitzentanz und klassisches Ballett, aber sie hat keine Ahnung davon, wie man sich bei einer Geiselnahme verhält.

Sie hat in der Zeitung von Gangstern gelesen, die bei Banküberfällen Geiseln nehmen. Sie versucht sich an diese Artikel zu erinnern, aber in ihrem Kopf ist nur Angst. Mindestens so viel Angst wie bei Anna. Am liebsten würde sie wie ihre Schülerinnen die Hände vor das Gesicht schlagen und ebenfalls in Tränen ausbrechen. Ohne mehr über diesen gefährlichen Kriminellen zu wissen, ahnt sie jedoch in diesem Augenblick, daß dies genau die falsche Reaktion wäre. Sie muß ruhig bleiben, diesen bösartigen Mann besänftigen. Stärke zeigen und verhindern, daß er blindlings um sich schießt. Vermutlich geht er über Leichen, um sein Ziel zu erreichen. In seinen leblosen blauen Augen steht pure Gewalt.

Sie versucht diesem unheimlichen Blick ohne Wimpernzucken standzuhalten. Ihr Herz klopft wie rasend, aber das merkt nur Anna, die sie so eng in ihre Arme geschlossen hat, daß sie kaum Luft bekommt. Schon deswegen wird ihr Schluchzen wenigstens leiser. Borek schaut seltsam irritiert von den klaren grauen Augen der jungen Frau wieder zum Fenster hinaus.

Der winzige Erfolg macht ihr Mut. Sie atmet tief durch und flüstert beruhigend auf Anna ein. Alles wird gut werden, bestimmt. Sie müssen nur fest daran glauben. Sie haben doch die Sirenen gehört. Die Polizei wird sie befreien. Sie alle herausholen und diesen Kerl wieder einsperren. Die Polizei ist für solche Fälle gerüstet, bestimmt.

Inzwischen ist es den Sicherheitskräften gelungen, die Telefonverbindung in den Ballettsaal herzustellen. Der gelbe Apparat auf dem Tisch an der Fensterfront klingelt. Borek grinst triumphierend und schnappt sich sofort den Hörer. Auf diesen Anruf hat er gewartet. Endlich kommt die Sache ins Laufen.

Richard Moser weiß ebenfalls, wie wichtig es ist, Borek nicht zu reizen. Seine Stimme klingt völlig neutral und verrät nichts über seine Gefühle, als er gleich zu Beginn die wichtigsten Fragen dieses Gesprächs stellt. »Borek, Moser hier. Wie viele Kinder sind bei Ihnen? Was wollen Sie?«

Jerszy Borek betrachtet zufrieden die kleine Gruppe der Tänzerinnen, die in ihren duftigen Tüllröckchen und den langärmeligen Trikots so zart wie kleine Elfen aussehen. Jede Wette, daß die Bullen nie das Risiko eingehen werden, daß einer dieser kleinen Prinzessinnen auch nur ein Haar gekrümmt wird? Bei Kindern reagiert die Polizei immer besonders empfindlich.

Aus seiner Antwort klingt satter Triumph. Endlich

kann er den Bullen alles heimzahlen, was sie ihm angetan haben. Lange genug hat er darauf warten müssen. Schlimme sechs Monate. »Ich habe hier acht kleine Mädchen und eine Lehrerin. Und genug Munition, um ...«

»Ich will mit der Lehrerin sprechen!«

Richard unterbricht ihn, aber Borek spricht einfach weiter. Er läßt sich auf keine Verzögerungsmanöver ein. Die halten ihn wohl alle für geistig minderbemittelt. Er lacht sogar hämisch.

»Nein, Sie können nicht mit der Lehrerin reden, Sie werden mit mir reden müssen«, bellt er in den Hörer und stellt eiskalt seine Forderungen: »Ich will, daß mein Freund aus dem Spital hergebracht wird, und dann stellen Sie mein Auto vor das Haus. Ein schwarzer BMW, er steht gegenüber der Kirche. Den möchte ich in einer Minute vor dem Haus sehen ...«

Richard ist nicht bereit, so ohne weiteres auf die Forderungen des Gewaltverbrechers einzugehen. Im Gegensatz zu der jungen Ballettlehrerin weiß er genau, welche Taktik man im Gespräch mit Geiselnehmern verfolgen muß. Es geht darum, so schnell wie möglich so viele Geiseln wie möglich aus seiner Gewalt zu befreien. Und er muß auf Zeit spielen, den Gangster hinhalten. Je länger die Sache dauert, um so eher besteht die Chance, daß der Mann einen Fehler macht. Niemand kann so eine Aktion Stunden durchhalten, ohne daß es an seine Kraft und seine Nerven geht. Dieser Fehler ist dann ihre Chance. Vielleicht sogar ihre einzige richtige Chance. »Borek, wir können über alles reden, aber bevor ich überhaupt mit Ihnen verhandle, müssen Sie jemanden freilassen!« konfrontiert er den Mann mit einer knallharten Gegenforderung.

»Ich stelle hier die Bedingungen!« brüllt der Pole zurück. »Oder wollen Sie, daß ich ein Kind nach dem anderen erschieße?«

Durch das Telefon vernimmt der Kommissar die entsetzten Aufschreie der kleinen Tänzerinnen. Das schrille Schluchzen beweist, daß die Mädchen vor Angst fast kopflos sind. Aber der Kommissar weiß auch, daß Borek im Moment noch nicht ernst machen wird. Er blufft. Er verbreitet lediglich Schrecken, um seine Wünsche zu untermauern. Die Kinder reagieren wie Marionetten für ihn.

Richard fallen auf Anhieb eine ganze Reihe von Dingen ein, die er mit diesem Mann gern machen würde, und Verprügeln ist noch das Geringste davon. Aber im Augenblick ist Diplomatie gefordert und keine Gewalt. Selten ist ihm etwas so schwer gefallen.

»Bedrohen Sie die Kinder nicht noch einmal!« warnt er den Gangster beherrscht. »Eine Panik hilft niemandem. Aber bevor Sie nicht wenigstens eines der Mädchen freigelassen haben, läuft überhaupt nichts. Verstanden?«

Ehe der Pole antworten kann, legt Richard auf. Am anderen Ende der Leitung hört Borek nur noch das aufreizende Tut-Tut-Tut eines belegten Anschlusses. Damit hat er nicht gerechnet! Dieser Bulle besitzt tatsächlich die Unverschämtheit, ihn unter Druck zu setzen. Was soll er tun? Schießen oder verhandeln?

Nachdenklich gleitet sein Blick zu der Gruppe in der hintersten Ecke des Saales. Das Schluchzen hat sich gelegt, aber die entsetzten Blicke der Kinder zeigen, daß ihnen der Schreck in allen Gliedern sitzt. Und erst die Frau ...

Borek hat schon lange keine Frau mehr bewußt angesehen. Und schon gar keine, die so schön ist.

Im Moment wird er sie wohl nicht erschießen ... lieber eines der Kinder. Oder soll er diesen Kommissar auf die Probe stellen?

Freiheit für Anna

6

Die Spannung im ersten Stock der Ballettschule von Professor Dr. Synek ist kaum zu ertragen. Hinter der Tür zum Ballettsaal Eins ist es seit geraumer Zeit unerträglich still. Die Polizei hat ihre vorläufige Kommandozentrale im Saal daneben aufgeschlagen. Bis auf die ineinander gestapelten Stühle ist er völlig leer. Auf einem kahlen Tisch steht das Telefon, dessen Hörer der Kommissar vorhin so nachdrücklich aufgelegt hat.

Richard Moser starrt auf die holzgetäfelte Wand, als könne er mit purer Willenskraft erreichen, daß sie durchsichtig wird. Daß er hineinschauen und sehen kann, was Jerszy Borek tut. Er versucht sich in seine Lage hineinzuversetzen, aber es ist schwer, einen Menschen zu begreifen, der ohne mit der Wimper zu zucken mordet. Was macht einen Mann zum Verbrecher, zum Mörder?

Die Sekunden dehnen sich zu Minuten. Das Schweigen in dem noblen, holzgetäfelten Raum ist bedrückend. Niemand sagt ein Wort. In Minuten wie diesen fällt es Richard schwer, sein Temperament zu zügeln, geduldig zu sein. Da fragt er sich erbittert, ob seine Arbeit nicht völlig sinnlos ist, wenn es immer wieder Jerszy Boreks gibt, die sich über jede Moral und Menschlichkeit hinwegsetzen. Denen Gesetze völlig egal sind!

Seine Unruhe treibt ihn aus dem Saal auf den Flur hinaus. Jetzt fixiert er die Tür zum Ballettsaal Eins. Wird der Geiselnehmer seine Forderung erfüllen, oder hat er bereits zu Beginn den Bogen überspannt?

Da! Der querstehende Messingriegel der geschlossenen Tür bewegt sich leise quietschend. Alle haben es gehört! Die maskierten Scharfschützen des Einsatzkommandos, die sowohl an der Treppe als auch an allen anderen strategischen Punkten plaziert sind, heben die Waffen. Sie gehen lautlos in Schußposition. Richard hält vor lauter Spannung sogar den Atem an.

Dann öffnet sich langsam, wie im Zeitlupentempo, der eine Türflügel. Eine zierliche Ballettschülerin schlüpft zögernd durch den Spalt. Die dunkelblonden, glänzenden Haare stecken in einem Dutt auf dem Hinterkopf, den ein gehäkeltes, weißes Haarnetz festhält. In ihren Spitzenschuhen, dem weißen Tüllröckchen und dem roséfarbenen Trikot sieht sie entzückend aus, aber die rotgeweinten, geschwollenen Augen in ihrem blassen Gesicht berichten von den Schrecken, die hinter ihr liegen.

Richard spurtet vor und hebt die kleine Ballerina auf seine Arme. Ehe sie begriffen hat, was mit ihr passiert, hat er sie bereits aus der Gefahrenzone ins Nebenzimmer getragen. Mit großen, tränenfeuchten Augen starrt sie ihn stumm an.

Vorsichtig streicht er ihr über die Haare und setzt sie auf einen der spindelbeinigen Polstersessel, die sonst den Eltern vorbehalten sind, die bei den Aufführungen der Akademie ihre talentierten Töchter und Söhne bewundern. Das Mädchen weint lautlos.

»Ganz ruhig, jetzt ist alles vorbei«, tröstet der Kommissar das völlig verängstigte Mädchen sanft. Es hat keine äußeren Verletzungen, und er kann nur hoffen, daß das auch auf die anderen Kinder im Ballettsaal zutrifft. Er versucht, die Kleine zum Reden zu bringen. Sie ist seine einzige Zeugin. »Hast du dir weh getan?«

Die Tänzerin schüttelt stumm den Kopf. Die vielen Männer, die sie plötzlich umringen, schüchtern sie ein. Sie sehen bedrohlich aus, wie Soldaten. Ihre Gesichter sind hinter merkwürdigen Masken verborgen, die nur Mund und Augen freilassen. Sie tragen Kampfanzüge und Stiefel, und ihre gefährlichen Waffen erinnern sie an den Mann, der dort drinnen noch immer ihre Freundinnen und Madame bedroht. Sie beginnt stärker zu schluchzen. Was haben all diese Männer in der Ballettschule zu suchen?

»Kannst du mir vielleicht erzählen, wie es da drinnen aussieht?«

Richard hat den Arm um das Kind gelegt und versucht, ihm Sicherheit zu geben. Er kann spüren, wie die

Kleine zittert. Aber er steht unter Zeitdruck. Er ist auf ihre Aussage angewiesen. Solange sie allerdings so verschreckt ist, wird sie wohl kein Wort herausbringen. Wie zum Beweis dafür weint sie nun wieder heftiger.

Richard zwingt sich zum Abwarten. Drängeln ist sinnlos. Er weiß, daß er der jungen Ballettschülerin Zeit lassen muß, sich zu fassen. Von außen kann man leider nicht in den Ballettsaal sehen, die dichten Vorhänge vor den Fenstern machen es unmöglich. Seine Kollegen haben es bereits mit allen technischen Möglichkeiten versucht. Umsonst.

Er bedeutet den Männern des Einsatzkommandos mit einer verstohlenen Handbewegung, daß sie sich zurückziehen sollen. Er braucht sie nicht, und ihr Anblick ist für ein ohnehin furchtsames Mädchen nicht gerade beruhigend. Sie zögern, ehe sie gehorchen. Er kann sehen, daß sie von ihrem Einsatzleiter andere Befehle bekommen haben. Was denkt der Mann? Daß dieses Kind sich in Luft auflöst, wenn man es mit ihm alleine läßt?

»Du mußt nichts sagen, wenn du zu aufgeregt bist«, beschwichtigt er die aufgelöste Ballerina. »Aber ich möcht' nur, daß deine Freundinnen da auch herauskommen, verstehst du das?«

Auch darauf erhält er keine Antwort. Das Mädchen nickt zwar, aber als es den Mund öffnen will, kann es erneut nur wimmern. Das Geräusch wird indes durch das vertraute Tappen von Krallenpfoten auf Parkett untermalt. Hinter seiner wichtigen Zeugin sieht der Kommissar Ernst Stockinger herbeieilen, gefolgt von Rex.

»Da san' die Baupläne«, schnauft Stocki und deutet

gleichzeitig auf Rex, der sich wie ein Schatten an seine Fersen gehängt hat, seit er ihn aus dem Auto erlöst hat. Trotz seiner Angst vor Richards vierbeinigem Freund hat er es einfach nicht über das Herz gebracht, den Hund dort schmoren zu lassen. »Und der wollt' natürlich unbedingt mit.«

Der erste Kriminalassistent wedelt auffordernd mit den wichtigen Plänen und reagiert ein bißchen beleidigt, als er feststellt, daß sich Richard nicht augenblicklich darauf stürzt. Er hat doch vorhin behauptet, daß es so brandeilig sei. Warum wirft er jetzt keinen Blick darauf? Wenn er wüßte, wieviel Mühe er sich gegeben hat, diese Zeichnungen aufzutreiben ...

Richards vermeintliche Gleichgültigkeit hat einmal mehr einen Grund, der Rex heißt. Der große Schäferhund hat sich neugierig vor dem weinenden Mädchen niedergelassen, und Richard hat deutlich gespürt, daß es zusammengezuckt ist, als es Rex gesehen hat. Jetzt hebt es sogar den Kopf und schaut den Vierbeiner mit der schwarzen Schnauze und der glänzenden dunklen Felldecke auf dem Rücken genauer an.

Kunststück, Rex ist schließlich nicht irgendein Schäferhund. Er ist ein Prachtexemplar von Schäferhund, ein Mister Schäferhund sozusagen. Kein anderer Hund kann so treuherzig den Kopf schief legen und einem kleinen Mädchen das hundertprozentige Gefühl geben, daß er einzig und allein aufgetaucht ist, um es kennenzulernen. Um Rex zu widerstehen, muß man aus Granit sein, und das ist dieses Mädchen garantiert nicht.

Richard und Rex sind ein perfekt eingespieltes Team.

Rex ahnt ohne Worte, was sein Herrchen von ihm möchte. Er tut es sogar mit größtem Vergnügen. Zum einen, weil er Kinder mag, und zum anderen spürt er mit seinem unglaublichen Instinkt, daß die Tänzerin unglücklich ist.

Was ist los? Hat man dir weh getan? Warum weinst du denn?

Tröstend legt er ihr eine weiche, plüschige Pfote auf das Knie und fiept ganz leise.

Na, kannst du nicht mit mir reden oder willst du nicht?

Sie antwortet nicht, aber Rex fühlt deutlich, daß die Sympathie auf Gegenseitigkeit beruht. Er kommt noch ein Stückchen höher und schlappt mit einer feuchten rosa Hundezunge großzügige Küsse über das Gesicht seiner neuen Freundin. Eine solche Liebeserklärung besiegt auch die schlimmsten Erinnerungen. Die Tänzerin legt endlich mit einem tiefen Seufzer die rosarot verhüllten Arme um seinen Hals.

Sie verzieht das Gesicht unter dem feuchten Überfall, doch sie lächelt. Rex legt ihr die Pfoten beschützend auf die Schultern und läßt seine Zunge wieder zwischen den imponierenden Zähnen verschwinden.

Bei mir bist du in Sicherheit! Du brauchst keine Angst mehr zu haben!

Die Kleine scheint ihn zu verstehen. Sie vergräbt die Finger in seinem dichten, wuscheligen Fell, und ihr Atem normalisiert sich langsam.

»Schau einmal, das ist der Rex! Der ist nur gekommen, um ein tapferes Mädchen kennenzulernen ...«, sagt Richard mit verhaltener Stimme und zaust seinem treuen

Freund ebenfalls das Fell. Direkt hinter den Ohren, an seiner Lieblingsstelle.

Gut gemacht, Rex, heißt das, und Rex genießt das Lob. Wurde ja wohl auch höchste Zeit, daß man ihn in diesen Fall mit einbezieht. Es hätte nicht mehr viel gefehlt, und er hätte sich selbst auf den Weg gemacht, um Richard zu suchen. Glücklicherweise ist dann Stocki aufgetaucht. Er hat ihn nur ein ganz kleines bißchen überreden müssen, daß er ihn mitnimmt.

Auch Richard freut sich, den Hund zu sehen. Ihm fällt erst jetzt auf, daß er ihn die ganze Zeit im Unterbewußtsein vermißt hat. Ohne Rex an seiner Seite fühlt er sich nahezu unvollständig. Der treue Partner gehört zu ihm, viel mehr als seine Dienstwaffe.

Rex hat sich jetzt vor Richard und der kleinen Tänzerin auf den Hinterpfoten niedergelassen. Obwohl er auffordernd zu Richard schaut, wirkt es, als wolle er gleichzeitig seine neue Freundin bewachen, die seine feuchten Liebesbeweise ohne Protest über sich hat ergehen lassen. Andere Menschen sind da nicht so entgegenkommend, wenn Rex ihnen zeigen möchte, daß er sie mag.

Stocki zum Beispiel kann sich Schöneres als diese Hundeküsse vorstellen. Er ist froh, daß er nicht mit der Ballettschülerin tauschen muß. Er hatte genügend damit zu tun, die aufdringlichen Dankesbeweise von Richards Hund abzuwehren, als er ihn aus dem Auto gelassen hat. Verrückt muß er gewesen sein, als er das getan hat. Ist das vielleicht die richtige Strafe dafür, daß ihn Rex vorhin mit dem Schuh so reingelegt hat?

Ach, Schluß mit Rex und seinen dummen Angewohnheiten! Hier gibt es Wichtigeres zu tun. Er breitet demonstrativ die gefundenen Pläne auf dem Tisch aus und wartet darauf, daß Richard sich dafür interessiert.

»Der Mann hat ein Gewehr«, sagt das Mädchen plötzlich unerwartet. Es erinnert sich an das, was der Kommissar vorhin gefragt hat, und es will helfen. »Er hat mit mir geschrien . . .«

»Er schreit nicht mehr mit dir, das versprech' ich dir!« versichert Richard ernst. »Nie mehr!« Er steht auf und hebt die Kleine mit hoch. Weil sie immer noch zittert, zieht er seinen Mantel aus und legt ihn ihr fürsorglich um die Schultern.

»Wie heißt'n du?« fragt er dabei.

»Anna«, wispert sie und greift nach der Jacke, um sich richtig darin einzukuscheln. Mit jedem Moment faßt sie mehr Vertrauen zu dem jungen Mann, der nicht aussieht, als würde er jemanden anschreien oder gar mit der Waffe bedrohen. Jemand, der so einen netten Hund besitzt, muß einfach auch ein netter Mensch sein. Rex bleibt an Annas Seite. Er spürt genau, daß sie ihn bewundert.

»Anna, schau, jetzt zeig' ich dir was . . .«

Richard führt Anna an den Tisch, wo der Kriminalassistent unterdessen den Plan des großen Ballettsaales herausgesucht hat. Der Raum ist mit bunten Filzstiftstrichen markiert.

»Schau, hier ist der Saal, wo du rausgekommen bist«, erklärt er, und Anna nickt vorsichtig.

»Hier ist die Tür . . . Wo in dem Saal sitzen denn deine Lehrerin und deine Freundinnen? Kannst du uns das zeigen?«

Anna benötigt nur ein paar Sekunden, um sich auf der Zeichnung zu orientieren. Sie deutet mit dem Finger auf die Fensterfront.

»Da ist der Mann«, sagt sie und zeigt dann auf den Hintergrund neben der Ballettstange. »Und dort sind die anderen Mädchen und die Lehrerin!«

»Danke«, sagt der Kommissar. »Du hast uns sehr geholfen, Anna.«

Er winkt Peter Höllerer herbei und bittet ihn, die Kleine nach unten zu bringen. Was auch immer an diesem schlimmen Tag noch passiert, Anna ist wenigstens in Sicherheit! Unter der Tür dreht sie noch einmal den Kopf, um nach Rex zu sehen, aber der kommt nicht mit. Er bellt leise zum Abschied. Es tut ihm selbst leid, er hätte gerne ein bißchen mit ihr gespielt. Doch hier wartet ein wichtiger Fall, das sieht Anna hoffentlich ein. Er kann den Boß unmöglich im Stich lassen!

Er braucht mich! Das mußt du verstehen, vielleicht sehen wir uns später!

Richard und Stocki brüten währenddessen gemeinsam über den Grundrissen der Ballettschule. Was könnten sie unternehmen, um die Tänzerinnen zu befreien? Es gibt nur eine einzige Tür, die in diesen Raum führt. Keinen Nebenausgang, keine Verbindung, nichts. Als dieser Palast vor mehr als hundert Jahren gebaut wurde, hat man nicht daran gedacht, der Polizei die Arbeit zu erleichtern.

»Was hältst du von der Sache?« will der Kommissar wissen.

»So wie das ausschaut«, meint sein Kriminalassistent

pessimistisch und zieht die Augenbrauen bis weit in die Stirn hoch, »kommt da keiner hinein, ohne die Geiseln zu gefährden.«

»Und sein Komplize?« fragt Richard ziemlich ungeduldig. Inzwischen muß man doch längst herausgefunden haben, wer der verletzte Mann ist, der Borek mit diesem tollkühnen Handstreich aus der Zahnklinik befreit hat. Er geht jede Wette ein, daß seine Fingerabdrücke bei der Wiener Polizei registriert sind.

Er täuscht sich nicht. Stockinger hat die Infos dabei. Er hat sich alles genau aufgeschrieben und zückt sein Notizbuch, damit er auch nichts davon vergißt.

»Ein gewisser Marek Kaschinski, zweimal wegen Mordes verurteilt. Sie haben ihn operiert, schaut aber schlecht aus, transportfähig ist der nicht ...«

Moser fährt sich mit der Hand durch die langen Haare und wirft einen ratlosen Blick auf Rex, der wie sein eigenes Denkmal neben dem Tisch sitzt. Man sieht ihm an, daß er auf den Befehl wartet, seinen Teil an der Arbeit zu übernehmen. Aber welchen? Die Situation ist verfahren genug. Wie soll man Borek davon überzeugen, daß er aufgeben muß? Daß er sich der Polizei stellen muß, ohne seine Geiseln zu verletzen oder gar zu töten?

Es gibt zur Zeit nur eine Möglichkeit. Er muß wieder mit ihm reden. Er muß versuchen, daß er nach Anna noch andere Kinder freiläßt.

Doch Borek reagiert entschieden jähzornig, als das Telefon auf seinem Tisch endlich wieder klingelt. Er weiß, daß die Polizei die Sache verschleppen will, und das wird er nicht zulassen.

»Was ist los? Wollen Sie mich hinhalten?« schreit er Richard an, ehe dieser auch nur zu Wort kommt. »Wenn mein Freund nicht in zehn Minuten hier ist, dann gibt es die erste Tote!«

Der Kommissar hört im Hintergrund die schrillen Schreie der verstörten Mädchen. Gut, daß Borek nicht sehen kann, wie er sich den Schweiß von der Stirn wischt und lautlos vor sich hinflucht.

»Moment, der Mann ist nicht transportfähig«, versucht er an die Vernunft des Verbrechers zu appellieren. Er kann ja wohl kaum ernsthaft wollen, daß sein Freund in Gefahr gebracht wird. »Das Risiko, ihn hierherzubringen, ist viel zu groß!«

»Das kann ich Ihnen glauben oder nicht«, entgegnet Borek knapp und hart. Es ist an der Zeit, die Katze aus dem Sack zu lassen. »Ich bestehe darauf, daß mein Freund hierhergebracht wird. Und noch etwas: Keine Tricks! Ich habe hier einen Koffer. Einen Koffer mit drei Kilo astreinem Plutonium! Wenn der Koffer beschädigt wird, dann sind wir alle TOT!«

Das entsetzte Kreischen der Kinder bricht mit einem Schlag ab, als der Pole den Hörer wieder auflegt. Es dauert ein paar Schrecksekunden, bis auch Richard auflegt. Er ist wie gelähmt. In seinem Kopf geht alles durcheinander. Plutonium! Der Koffer, den Borek bei sich hat, enthält drei Kilo Plutonium. Es ist schwer, so auf Anhieb die Bedeutung dieser Nachricht ganz zu erfassen. Hochgiftiges Plutonium! Drei Kilo Verderben und Tod, nicht nur für die Bewohner dieses einen Hauses!

Drei Kilo Plutonium, mein Gott, das reicht aus, um

ganz Wien, vielleicht sogar ganz Österreich und mehr radioaktiv zu verseuchen. Das ist der absolute Super-GAU! Eine unvorstellbare Katastrophe.

»Richard, was ist?«

Stockinger will endlich wissen, was Borek gesagt hat. Worauf wartet der Kommissar? Warum sieht er so geschockt aus? Man könnte meinen, Richard Moser sei eben dem Leibhaftigen persönlich begegnet.

»Stocki, der behauptet, daß in dem Koffer drei Kilo reines Plutonium sind!

Stockinger starrt ihn zuerst ein paar Sekunden entgeistert an, dann nickt er unmerklich. So als habe er eben von Richard etwas bestätigt bekommen, was er sowieso längst geahnt hatte.

»Plutonium. Natürlich, das ist es«, murmelt er langsam und atmet tief durch. Das ist das fehlende Teilchen in seinem Puzzle. »Wir haben doch sein Auto auseinandergenommen. Der Teil hinter den Rücksitzen ist mit Bleiplatten ausgelegt ...«

»Verständige die Staatspolizei und die Strahlenschutzkommission!«

Richard Moser versucht, ganz kühl und logisch zu handeln. Jetzt gilt es erst recht, Nerven zu bewahren und keinen Fehler zu machen. »Wir brauchen sofort jemanden mit einem Strahlenmeßgerät.«

Rex schaut verblüfft hinter Stocki her, als dieser mit wehenden Mantelschößen davonläuft. So aufgeregt hat er seinen Spielkameraden noch nie erlebt.

Aber auch sein Herrchen ist nicht so ruhig wie sonst. Er tippt auf seinem Handy herum und verlangt in dringendstem Ton eine Verbindung mit dem Krankenhaus, in dem Boreks Freund operiert wurde.

Unter diesen Umständen ist für Richard die Gesundheit von Marek Kaschinski kein Diskussionspunkt. Wenn Jerszy Borek keine Rücksicht auf das Leben seines Freundes nimmt, dann ist es nicht die Aufgabe der Polizei, überflüssige Skrupel zu haben. Sollte ihm der Transport wirklich schaden, wird er sich bei Borek dafür bedanken müssen.

Wenn sie überhaupt alle miteinander noch eine Chance haben, aus dieser schrecklichen Sache lebend herauszukommen. Wenn es ihnen gelingt, Borek nicht nur seine Geiseln, sondern auch noch das Plutonium abzunehmen. Oder ist es dafür schon zu spät? Hat der schleichende Tod, den dieser Verbrecher im ganz normalen Koffer mit sich herumschleppt, bereits die Kinder oben und alle anderen Menschen in dieser Stadt in seinen Fängen?

»Woran merkt man, daß man verseucht ist?« fragt sich Richard unwillkürlich und tätschelt Rex' Kopf.

Irgendwo hat er einmal gelesen, daß einem als erstes die Haare ausgehen. Auch einem Tier? Hat Borek dann auch diesen prächtigen Schäferhund auf dem Gewissen? Diesen Kameraden, den Richard so sehr ins Herz geschlossen hat?

Meine Güte, er darf nicht an solche Dinge denken. Er muß sich auf seinen Job konzentrieren! Versuchen, sein Bestes zu tun, Leben zu retten!

Ein Koffer voll Plutonium

7

»Ist das wahr, daß Plutonium in dem Koffer ist?«

Die schlanke junge Frau, die ihre Ballettschülerinnen an sich drückt, muß die Frage einfach stellen. Das Entsetzen in ihr ist stärker als jede Angst. Wenn dieser Koffer dort wirklich radioaktiv ist, dann haben sie sowieso alle miteinander nur noch kurze Zeit zu leben

Sie duckt sich unter dem drohenden Blick, den ihr der Kerl mit der Maschinenpistole zuwirft. Mit seinem ungepflegten Drei-Tage-Bart, der schmuddeligen Jacke und der gefährlichen Waffe, die er nicht eine Minute aus der Hand legt, scheint er geradewegs aus einem Alptraum zu kommen. Jetzt grinst er auch noch!

»Ja«, antwortet er ihr und fügt in scheinheiliger Freundlichkeit langsam hinzu: »Aber das Plutonium ist gut verpackt. Wenn alle mitspielen, dann kommt ihr hier heil heraus. Außer ... der Koffer fällt zu Boden ... und wird beschädigt ...«

Die Pausen, die er zwischen seinen Worten läßt, steigern das Grauen. Sogar die acht- und neunjährigen Tänzerinnen wissen, was es bedeutet, wenn Plutonium freigesetzt wird! Sollen sie etwa alle einen schrecklichen Tod sterben? Ausgerechnet in diesem Saal, der sonst der Mittelpunkt ihrer ehrgeizigen Träume gewesen ist? Den sie alle vor kurzem mit so viel Freude betreten haben?

Das Klingeln des Telefons läßt alle zusammenfahren. Was plant die Polizei? Eine gewaltsame Befreiung? Oder wird sie sich der Erpressung beugen? Die Ballettmeisterin hofft es aus ganzem Herzen, aber ihr Verstand sagt ihr gleichzeitig, daß es unmöglich ist. Man kann einem Gangster doch nicht nachgeben. Oder doch? Und wenn ja, um welchen Preis?

»Was ist? Ist mein Freund schon unterwegs?« zischt der Pole währenddessen herausfordernd in den gelben Telefonhörer.

»Wir lassen ihn herbringen, er müßte schon unterwegs sein. Aber es ist Ihr Risiko!« warnt ihn Richard Moser noch einmal eindringlich.

Borek will nichts von Risiken hören. Er will endlich Taten sehen. Der hallende Ballettsaal mit der Spiegelwand an der einen Seite, mit den prächtigen Stuckverzierungen und dem glänzenden Parkettboden geht ihm mindestens ebenso sehr auf den Geist wie zuvor seine schäbige Zelle im Untersuchungsgefängnis. Er kann es nicht länger ertragen, eingesperrt zu sein. Er will seine Welt nicht länger nach Schritten messen und von Mauern umgeben haben. Er will den Himmel über sich sehen, in seinem Auto sitzen und dieses verdammte Land endlich verlassen. So schnell wie möglich und natürlich so reich wie möglich!

»Was ist mit meinem Auto?«

Richard Moser wagt einen weiteren, kühnen Schachzug, aber was bleibt ihm schon anderes übrig? Diese Partie geht um Leben und Tod.

»Wenn ich Ihr Auto vor das Haus stellen lasse, dann

müssen Sie dafür mehrere Mädchen freilassen!« stellt er erneut eine Forderung.

Borek traut seinen Ohren nicht. Hat dieser Kommissar Moser den Verstand verloren? Weiß er nicht, wer im Augenblick am längeren Hebel sitzt? Woher nimmt er die Frechheit, ihm Vorschriften zu machen?

»Haben Sie immer noch nicht begriffen?« In der Erregung klingt sein polnischer Akzent stärker als zuvor. Er hört sich an, als würde er jedes Wort angestrengt und einzeln zwischen den Zähnen herauskauen. »Ich habe die Kinder, ich habe eine Waffe, und ich habe einen Koffer voll mit Plutonium – ich bestimme, was hier geschieht! Was ist mit dem Auto, verdammt!?«

»Hören Sie auf, den Kindern zu drohen!« weist ihn Richard Moser vorsichtig zurecht. Daß Borek so explodiert, beweist, daß er sich in die Enge gedrängt fühlt. »Das Auto wird gerade gebracht!«

Borek kann nicht ahnen, daß sein Wagen schon seit geraumer Zeit bereitsteht. Daß ihn die Spurensicherung bereits mit Hochdruck durchsucht hat und daß die Beamten nur auf Mosers Befehl warten, um ihn auf den Platz zu fahren. Stockinger eilt erneut davon, um diese Order jetzt zu überbringen. Der Pole braucht einen sichtbaren Beweis, daß Richard auf seine Bedingungen eingeht.

Ein Polizeibeamter kurvt aus der naheliegenden Gasse und parkt das schwarze Auto so vor dem Haus, daß Borek es sehen kann. Dann steigt er aus und beeilt sich, aus dem Schußfeld zu kommen. Niemand weiß schließlich, was sich dort oben im ersten Stock hinter den Vorhängen in Wirklichkeit tut. Wird sich der Pole diesmal sehen lassen? Bietet sich nun eine Möglichkeit, das Geiseldrama mit einem einzigen, gezielten Schuß zu beenden?

Alle Waffen richten sich auf die Fensterreihe. Tatsächlich, Borek schlägt den Vorhang einen Spalt zurück. Er will sich davon überzeugen, daß seine Wünsche buchstabengetreu befolgt werden. Man sieht ihn genau, jeder Beamte hat ihn im Visier, aber keiner von ihnen schießt.

Sie alle erblicken auch die angstvollen Züge der hübschen Ballettlehrerin, die Borek brutal als Kugelfang vor seinen Körper preßt. Sogar aus größter Entfernung ist die Maschinenpistole zu erkennen, die sich gegen ihren Hals drückt. Eine falsche Bewegung, und die junge Frau ist das nächste Opfer.

Niemand wagt sie zu gefährden. Nicht einmal die Scharfschützen.

Richard Moser nimmt wieder den telefonischen Kontakt mit dem Geiselnehmer auf.

»Der Wagen ist jetzt da, Borek! Sie haben versprochen, dafür mehrere Mädchen freizulassen!«

»Ich habe überhaupt nichts versprochen! Zuerst muß mein Freund da sein!« bellt der aufgebrachte Pole zurück und schmeißt den Hörer auf den Apparat.

»Aufgelegt ...«, murmelt Richard und tut das gleiche. Bedeutet das nun, daß Borek auf den Deal eingeht oder daß er die Verbindung abbricht?

Auf jeden Fall bedeutet es warten. Wie ewig sich doch eine einzige Minute hinzieht, wenn man hilflos darauf angewiesen ist, daß ein anderer handelt. Wenn man nicht weiß, was sich hinter dieser Wand dort drüben abspielt.

Sieben Kinder und eine junge Frau zittern dort drüben um ihr Leben. Wie lange noch?

Richard spürt, daß sich Rex an ihn drückt. Bei einer Schulterhöhe von guten 65 Zentimetern kann er seinen Kopf genau unter seine Hand schieben.

Los doch, streichel mich ein bißchen, heißt das. Dafür hast du doch jetzt Zeit, und es tut uns beiden gut. Es scheint fast, als begreife der kluge Hund, daß dies kein Kriminalfall wie so viele andere ist. Daß er ernster, gefährlicher, lebensbedrohender als sonst ist. Daß sehr viel mehr auf dem Spiel steht als nur Gerechtigkeit oder die Bestrafung eines Mörders.

»Schon gut, Rex!« murmelt Richard.

Zum hundertsten Mal starrt der Kommissar auf den Plan des Ballettsaales. Die Linien verschwimmen schon vor seinen Augen, und eigentlich kennt er den Grundriß längst auswendig. Wenn es nur eine Möglichkeit gäbe, in diesen Raum hineinzugelangen ...

Wenn es auf der Welt nur nicht solche Schurken wie Jerszy Borek und Marek Kaschinski gäbe, die sich zum Herrn über Leben und Tod aufspielen. Der Gedanke an die unschuldigen Menschen, die sie auf dem Gewissen haben, an ihre Brutalität und Rücksichtslosigkeit, facht seinen Zorn von neuem an.

»Dieses Arschloch!« schimpft er heftig und schlägt mit der Faust auf den Plan. »Am liebsten würde ich da hineingehen und ihn einfach ...«

»Richard!« Erich Stockinger ist bei diesem Ausbruch ebenso zusammengefahren wie Rex. Mahnend schüttelt er den Kopf. Zorn hilft ihnen jetzt auch nicht weiter.

»Keine Emotionen – das sagst du sonst immer zu mir in solchen Situationen.«

Richard weiß natürlich, daß Stocki recht hat. Er versucht sich zu fassen und stopft die geballten Fäuste in die Hosentaschen. Er muß sich auf die wichtigen Dinge konzentrieren. Es ist nutzlose Kraftverschwendung, mit dem Schicksal zu hadern und zu fluchen. Aber die Zeit läuft ihnen davon. Wieso geht alles so langsam?

»Was ist mit diesem Kaschinski? Was sagt das Krankenhaus?«

»Er wird hergebracht«, berichtet Stockinger. »Aber es geht ihm so schlecht, daß sie nur langsam fahren können. Das dauert eben ...«

Das sind keine besonders guten Aussichten. Hoffentlich hält der frisch operierte Patient durch. Ganz abgesehen davon, daß sie absolut keine Hinweise darauf haben, wie fachgerecht das hochgefährliche Plutonium in Boreks Koffer eigentlich verpackt ist. Reicht ein simpler Lederkoffer tatsächlich aus, um eine so bedrohliche Fracht quer durch Wien zu transportieren?

Es scheint unvorstellbar. Normalerweise genügt die bloße Nachricht von einem radioaktiven Transport schon, um sämtliche Umweltschutzgruppen Österreichs auf die Beine zu bringen. Dabei finden diese offiziellen Transporte unter größten Vorsichtsmaßnahmen statt. In Spezialbehältern und von Strahlenschutzspezialisten bewacht und kontrolliert. Das Stichwort erinnert Richard an etwas.

»Wo bleibt eigentlich die Strahlenschutztruppe?«

Es kommt ihm so vor, als hätte er die Spezialisten

schon vor Stunden angefordert. Müssen die ausgerechnet heute Dienst nach Vorschrift machen, oder warum ist noch niemand eingetroffen?

»Da können schon die ganze Zeit Strahlen austreten ...«, fügt er hinzu.

»Die sind auch schon unterwegs.« Stockinger versucht nach besten Kräften, seinen ungeduldigen Chef zu besänftigen. »Bitte beruhige dich, Richard. Das einzige, was wir machen können, ist abwarten!«

Aber genau das Abwarten macht Richard Moser glatt wahnsinnig! Es paßt nicht zu seinem Temperament. Nur herumstehen und nichts tun können, das bringt ihn um den Verstand. Er würde am liebsten in den Ballettsaal stürmen und Borek an den Kragen gehen, obwohl er weiß, daß schon der bloße Gedanke daran schlicht unmöglich ist.

»Man weiß ja nie, wann der durchdreht!« befürchtet er zu Recht, und Rex winselt zustimmend.

Auch er würde am liebsten hinauslaufen und sich die Pfoten vertreten. Später vielleicht, wenn sein Herrchen nicht mehr so aufgewühlt und nervös ist. Ein schöner langer Spaziergang durch den Prater oder am Donauufer entlang, das wäre doch etwas! Oder alternativ eine interessante Runde durch die Innenstadt? In dem Fall hat Rex eine bestimmte Metzgerei genau hinter dem Polizeipräsidium im Visier. Schon das Schaufenster ist das reinste Paradies für ihn. Würste, Würste, Würste. In allen Längen, allen Breiten, allen Farben und allen Düften. Ein traumhafter Laden! Und die Dame, die Richards belegte Brötchen einpackt, hat immer einen kleinen Leckerbissen für Rex bereit. Einen Kalbsknochen zum Beispiel oder ein paar Wurstzipfel ...

Rex spürt ein leichtes Magenknurren und schnuppert ganz unverbindlich an Stockis Manteltaschen. Manchmal hat der Herr erste Kriminalassistent ja noch eine Wurstsemmel in der Manteltasche. Seine eiserne Reserve, das hat Rex schon spitz gekriegt.

Heute leider nicht. Der Mantel riecht nur nach frischer Reinigung und nach Stockis Rasierwasser. Vertraut, aber nicht nahrhaft. Schade. Rex schnaubt durch die Nase und zieht sich zurück. Also weder ein Spaziergang noch eine Mahlzeit. Er gähnt und läßt sich in einer Saalecke nieder. Abwarten heißt auch für ihn die Devise.

Obwohl es so aussieht, als würde er schlafen, entgeht ihm nichts. Sein außergewöhnliches Gehör fängt sogar die Stimmen auf, die zu den beiden Menschen gehören, die auf dem Treppenabsatz draußen gedämpft miteinander diskutieren. Ein Mann und eine Frau. Der Mann gibt seine Antworten militärisch knapp, nicht unfreundlich, aber auch nicht besonders zuvorkommend.

Die Frau hört sich aufgeregt an, fast schon hysterisch. Es ist Frau Professor Dr. Dorothee Synek, der die Ballettschule gehört, und sie ist mit ihren Nerven ziemlich am Ende. Sie will endlich mit dem Polizeibeamten sprechen, der dafür verantwortlich ist, daß man ihr Institut in eine Kaserne verwandelt hat. Sie will wissen, wann die armen Kinder dort oben befreit werden und was die Polizei tut, damit ihnen in der Zwischenzeit nichts zustößt.

Oberst Steinhauer, der Leiter des Einsatzkommandos, hat seine liebe Not mit ihr, bis er sie endlich soweit beruhigt hat, daß sie wieder nach unten geht und ihm und seinen Männern nicht im Wege steht. Wer war überhaupt der Trottel, der es zugelassen hat, daß sie ihm seine Zeit stiehlt? Kann man ihm diese Zivilisten nicht vom Hals halten?

Rex beobachtet ihn, wie er sich in der Tür kurz umschaut und mit militärisch zackigem Schritt auf den Boß zumarschiert. Ein Typ im Kampfanzug und rotem Barett, der sich eben ziemlich geärgert hat und deswegen noch etwas unter Strom steht.

Höllerer, der ihn begleitet, hält sich deswegen auch sehr im Hintergrund. Er war es nämlich, der die Frau Professor an den Einsatzleiter verwiesen hat, weil sie ihm einfach nicht mehr von der Seite gewichen ist. So gut er die Dame und ihre Sorgen versteht, im Moment gibt es wirklich wichtigere Dinge für die Polizei, als sich um die zerkratzten Parkettböden in irgendeinem Ballettsaal zu kümmern. Und was die Eltern ihrer Schülerinnen über die Akademie Synek sagen werden, ist Peter Höllerer auch ziemlich egal. Er kann nicht so gut mit feinen Damen.

Ein älterer Mann im beigen Arbeitsmantel folgt den beiden. Als sein Blick auf Rex fällt, stutzt er, will etwas sagen und schweigt dann. Rex knurrt leise. Er spürt es, wenn ihn jemand fortschicken will, auch wenn der Jemand das gar nicht ausspricht. Er ist hier, weil er zum Team gehört und weil er hier ein Plätzchen zum Schlafen sucht, kapiert der Mann das denn nicht?

Der Mann im Kittel ist der Hausmeister, und er weiß wie kein anderer über die Räume der Ballettschule

Bescheid. Er erweist sich als nützlicher, als die stummen Zeichnungen auf dem Tisch vor Richard. Deswegen hat ihm der Oberst auch erlaubt mitzukommen, nachdem er eine wichtige Tatsache von ihm erfahren hat.

»Es gibt im Parterre einen zweiten Ballettsaal, der genauso aussieht wie dieser hier!« verkündet der Einsatzleiter die Neuigkeit und deutet auf den aufgeschlagenen Plan von Saal Nummer Eins, in dem Borek die Kinder und die Ballettlehrerin in seiner Gewalt hat. Es klingt so stolz, als habe er persönlich vor zweihundert Jahren den Befehl dazu gegeben, die Säle genau gleich zu gestalten.

»Sehr gut!« Richard atmet auf. Wenigstens ein kleiner Lichtblick. »Den müssen wir uns sofort ansehen! Wir geh'n runter. Rex, komm mit! Höllerer, du bleibst hier am Telefon . . .«

Höllerer nickt zufrieden. Er ist nicht scharf darauf, mit dem Oberst noch weiter zusammmenzuarbeiten. Rex ist ohnedies schon vor dem Befehl an Richards Seite. Er hat geahnt, was kommt. Endlich ein Szenenwechsel, das wurde ja auch Zeit.

Er trabt zwischen Richard und dem Einsatzleiter die Treppe hinunter, wobei er interessiert am olivfarbenen Kampfanzug des Mannes und seinen blankgeputzten Schnürstiefeln schnuppert. Hm, Waffenöl, Dieselgestank, Lederfett, ein unbekanntes Deo und die Hinterlassenschaft eines Hundekameraden, in die der General offensichtlich auf der Straße getreten ist.

Der Boß trägt nie so riesige Fußhüllen aus Leder. Eigentlich schade, da könnte man sicher wunderbar drauf rumkauen. Nur mit dem passenden Versteck dafür würde es ein paar Probleme geben. Sie sind zu groß. Da käme höchstens die Regentonne in Frage.

»Wir haben mehrere Leute auf den Dächern in der Umgebung, die ihn beobachten«, berichtet Oberst Steinhauer bedeutungsvoll über seine Aktionen in- und außerhalb der Ballettschule. »Wir können nicht in den Ballettsaal hineinsehen. Wegen der Vorhänge. Solange die Kinder in seiner Gewalt sind und wir nicht wissen, wo er sie postiert hat, können wir nicht angreifen!«

Das ist dem Kommissar ohnehin klar gewesen. Dazu benötigt er keinen Uniformierten, der ein bißchen so tut, als sei der Kontakt mit einem langhaarigen Zivilisten ohnehin unter seiner Würde. Er hat zwar nicht Rex' feine Nase, aber was der Oberst von ihm hält, das würde er sogar mit Schnupfen noch merken. Der trägt seine Vorurteile mit sich herum wie einen Orden.

»Was schlagen Sie also vor?« erkundigt er sich trotzdem betont höflich und betritt die Zweitausgabe von Ballettsaal Eins.

Es handelt sich um einen riesigen kahlen Raum mit einer zweigeteilten Ballettstange vor einer hohen Spiegelwand und einem alten zerkratzten Klavier neben der Tür. Die breite Fensterfront, vor der ein roter Läufer liegt, führt auf die Straße hinaus, und der Parkettboden knarzt unter ihren schnellen Schritten. Auch hier verhindern bodenlange Vorhänge jeden neugierigen Blick von außen.

»Es ist anzunehmen, daß er mit seinem Komplizen und einigen Geiseln flüchten will. Er muß also aus dem Saal, die Treppen hinunter und aus dem Haus. Die einzige

Chance ist auf dieser Strecke zuzugreifen ...«, schnarrt der Oberst seinen Vorschlag herunter.

Er ist von den sorgfältig angeklebten blonden Haaren unter seinem Barett bis zum ordentlich gestutzten Schnurrbart ein Mann, der militärisch knapp spricht, reagiert und denkt. Über die bloßen Tatsachen hinaus investiert er keine Phantasie.

Richard kann sich dafür umso besser vorstellen, was passiert, wenn die Einsatztruppe so knallhart eingreift. Das kann doch nicht der Ernst dieses Mannes sein!

»Das gibt ein Blutbad!« warnt er. »Borek wird sich mit den Kindern und der Lehrerin schützen.«

»Das ist noch ein Grund mehr, warum wir ihn nicht im Ballettsaal neutralisieren können«, gibt der Einsatzleiter widerwillig zu. Es gefällt ihm nicht, daß der Zivilist recht haben könnte. »Wir müssen zuerst die Kinder und die Lehrerin in Sicherheit bringen ...«

Rex hat den Kopf schief gelegt und bellt leise. Man könnte glauben, daß er jedes der ernsten Worte versteht und seinen Teil zur Lösung des Problemes beitragen möchte. Immerhin spürt er genau, daß sein Boß nicht mit dem einverstanden ist, was der Bestiefelte sagt. Merkt das der andere eigentlich nicht?

»Könnte man ein Loch durch die Wand bohren und eine kleine Videokamera durchschieben?« erkundigt sich der Kommissar nun und legt den Kopf in den Nacken, um sich die Decke des Raumes genauer zu betrachten.

»Auch das haben wir überlegt«, nickt der andere eine Spur anerkennend. Er bekommt langsam ein bißchen mehr Respekt vor diesem jungen Beamten, der offensichtlich doch eine Menge von seinem Job versteht. Vielleicht hat er sich einfach von seiner Frisur, die so gar nicht zu einem Beamten paßt, täuschen lassen? »Aber ich fürchte, er würde das Bohrgeräusch hören. Das ist zu riskant.«

Das muß Richard ebenfalls einräumen. Bei den letzten Telefongesprächen hat Borek äußerst nervös und angespannt reagiert. Man sollte alles vermeiden, was ihn im Moment zu einer Kurzschlußhandlung treiben könnte.

Man muß ihn behandeln wie ein rohes Ei, egal welche Zugeständnisse das auch erfordert. Der geflohene Pole gleicht selbst der gefährlichen Ladung in seinem Pilotenkoffer. Wenn man ihn falsch anpackt, könnte er ebenfalls explodieren. Die Folgen wären nicht auszudenken.

Was also können sie tun?

Boreks tödlicher Traum

8

»Herr Moser?«

»Ja?« Richard dreht sich um und sieht einen grauhaarigen Mann im Overall durch den kahlen Ballettsaal auf sich zukommen. Er macht den Eindruck, als hätte er ihn gesucht.

Er trägt einen Koffer mit Strahlenmeßgeräten bei sich,

und das Emblem auf seinem Anzug weist ihn zusätzlich aus.

»Ich habe oben vor dem Ballettsaal die Strahlenmessung durchgeführt.«

»Und?«

Rex ist der einzige, der merkt, wie viele unterdrückte Gefühle Richard hinter dieser einen einzigen Silbe verbirgt. Er bellt leise.

Ich bin ja auch noch da, wenn es hart auf hart kommt!

»Keine Strahlung . . .«

»Immerhin etwas«, atmet der Kommissar erleichtert auf. Als er den fragenden Blick des Spezialisten sieht, fällt ihm ein, daß der Mann vermutlich noch gar nicht weiß, weshalb man ihn in aller Eile in dieses Haus gebracht hat. Bisher hält die Polizei den vollen Umfang der Gefahr noch geheim. Nicht auszudenken, was geschieht, wenn die Wiener von der Bedrohung erfahren, in der sie schweben. Wenn es eine Panik in der Stadt gibt . . .«

»Er behauptet, er hat drei Kilogramm reines Plutonium!« sagt er leise.

»Was?« Das verschlägt dem anderen erst einmal die Sprache.

»In einem Pilotenkoffer«, fügt der Kommissar trocken hinzu und hält dem entsetzten Blick des Spezialisten ruhig stand.

»Dann ist es auf jeden Fall unprofessionell verpackt!«

Das kann der Mann vom Strahlenschutz sogar sagen, ohne den Behälter gesehen zu haben. »Wahrscheinlich ist die Tasche mit Blei und Stahl ausgelegt, so daß bis jetzt keine Strahlung ausgetreten ist. Anders kann ich mir das gar nicht vorstellen. Üblicherweise werden schon kleinste Mengen von nur zweihundert Gramm in einer Verpackung transportiert, die zwanzig Kilo wiegt!«

Rex winselt gedämpft. Richard wirft ihm einen gedankenvollen Blick zu, dann stellt er die Frage, die ihm besonders am Herzen liegt.

»Können Sie mir sagen, was passiert, wenn der Koffer beschädigt wird?«

Der Mann im Overall holt tief Atem und stößt ihn vielsagend wieder aus. Eigentlich muß er gar nicht mehr in Worte fassen, was dieser Seufzer bedeutet. Das kann sich jeder selbst ausrechnen.

»Dann gibt es eine Katastrophe!« sagt er trotzdem heiser.

»Kann man so etwas überhaupt verkaufen?« mischt sich Stockinger ein.

Der Strahlenschutz-Experte nickt betont. Geschäfte dieser Art sind äußerst gefährlich, aber sie werden trotzdem abgeschlossen. In zunehmendem Umfang sogar. Es gibt überall Staaten, die sich auf illegalem Wege spaltfähiges Material für Waffen beschaffen. Besonders im Nahen Osten könnte er da eine ganze Reihe von Namen aufzählen.

»Reines Plutonium kann man selbstverständlich verkaufen. Es wird als Zünder für Wasserstoff- und Plutoniumbomben verwendet. Die Länder, die technisch dafür ausgerüstet sind, zahlen ein Vermögen dafür!«

Auch das noch. Von diesem Vermögen hat Borek vermutlich geträumt, aber bisher haben nur Unschuldige die

Zeche dafür zahlen müssen. In der Zahnklinik zuerst und gegenwärtig in dieser Ballettschule. Tief in seinem Herzen hat Richard Moser sogar Angst davor, daß es nicht bei den bisherigen Opfern bleiben wird. Er kann sich nicht erinnern, jemals in einer so hoffnungslosen Klemme gesteckt zu haben.

Der Mann vom Strahlenschutz wendet sich zum Gehen, aber dann schaut er den jungen Kommissar noch einmal bedeutungsvoll an. Von allen Personen, die sich im Saal befinden, weiß er am ehesten, in welcher unmittelbaren Gefahr sie sich befinden.

»Seien Sie vorsichtig!« rät er ihm eindringlich.

Richard nickt düster. Ein guter Rat, aber kein Hinweis darauf, wie sie an dieses verdammte Plutonium herankommen können. Oder wie sie Borek überwältigen können, ohne daß er das Zeug dazu verwendet, sich und alle anderen mit in den Tod zu reißen.

Nachdem alle schweigen, nutzt Rex die Pause, um den neuen Saal kurz zu begutachten. Er trabt vorsichtig an den Wänden entlang und schnuppert am Holzboden, an den Vorhängen. Die verschiedenen Witterungen erzählen ihm richtige Geschichten über das, was sich normalerweise zwischen diesen Wänden ereignet. Er erschnüffelt den Schweiß der angestrengten Tänzerinnen, die dort an der Stange vor dem Spiegel regelmäßig üben.

Die Kreide, mit der sie ihre Spitzenschuhe präparieren und sogar das umweltfreundliche Putzmittel, mit dem die Böden regelmäßig gereinigt werden. Über allem liegt das schwere Lavendelparfüm von Frau Professor Synek, die normalerweise in diesem Raum das Vortanzen veranstaltet, wenn Leistungsgruppen neu eingeteilt werden müssen.

Dort in der Ecke hat jemand Fruchtsaft verschüttet, und in dem leeren Papierkorb neben dem Tisch am Fenster hängt noch der verführerische Duft von Schinken und Käse. Leider ist der Pausenbrotrest, der ihn verursacht hat, längst im Mülleimer gelandet. Rex erschnuppert nur das Aroma, das noch am Gitter hängt, und er schleckt vorsichtshalber mit der Zunge darüber. Schade, es reicht nur für die flüchtige Illusion einer Mahlzeit. Ein Glück, daß er heute morgen so ein üppiges Frühstück bekommen hat. Es sieht nicht danach aus, als gäbe es in der nächsten Zeit einen Nachschlag.

Richards Partner beendet seine Inspektions-Runde, in dem er sich zu Füßen seines Herrn niederläßt und in seiner Lieblingshaltung die Schnauze auf die Vorderpfoten legt. Ein paar Sonnenstrahlen fallen durch das Fenster und lassen sein hellbraunes Fell goldblond aufleuchten. Aber niemand schenkt ihm in diesem Moment Beachtung.

Der Kommissar scheint einen Plan zu haben, denn seine Befehle kommen so knapp und präzise, daß mit Sicherheit eine bestimmte Absicht dahinter steckt.

»Stocki, frag' das Mädchen, das er freigelassen hat, wo der Koffer steht ...«, sagt er gerade. Eine zusätzliche Handbewegung sagt außerdem ziemlich deutlich: Beeilung, Stocki! Ich möchte die Auskunft nicht übermorgen, sondern gleich haben!

Dann wendet er sich an den Hausmeister, der bisher noch kein Wort gesagt und das ganze Unternehmen mit neugierigen Augen verfolgt hat. »Und Sie sagen, dieser Ballettsaal sieht genauso aus wie der obere?«

Der Mann im Arbeitsmantel nickt bedächtig. »Ja, fast genauso. Der ist nur viel, viel prächtiger ausgemalt, und da« – er deutet auf einen Platz am Fenster – »an dieser Stelle da, da steht oben ein Tisch!«

Richard starrt auf den leeren Teppichfleck, dann geht ein Ruck durch seine Gestalt.

»Haben Sie irgendwo noch so einen Tisch?«

»Ja, natürlich!«

»Könnten Sie mir den besorgen?«

Der Kommissar ahnt, daß die anderen wissen wollen, was er damit bezweckt, aber augenblicklich tastet er sich selbst erst vorsichtig an seine Idee heran. Sicher ist nur eines: Je originalgetreuer sie sich die schlimme Szene im Saal oben ausmalen können, um so eher werden sie vielleicht auch einen Ausweg daraus finden. Er will ihrer Vorstellungskraft ein bißchen auf die Sprünge helfen.

»Was haben Sie vor?« Der Einsatzleiter stellt natürlich die Frage, die sich der Hausmeister eben nur gedacht hat. Er findet es schlicht unter seiner Würde, eigene Vermutungen anzustellen.

»Ich möchte die Situation möglichst genau nachstellen«, erklärt Richard vorsichtig und beginnt eine unruhige Wanderung durch den Saal. Er wiederholt dabei für sich selbst, was sie inzwischen alles über den entflohenen Polen und seine Geiseln in Erfahrung gebracht haben. Viel ist es leider nicht.

»Borek sitzt hinter dem Tisch. Die Kinder stehen in einer Ecke beim Fenster ... Hier steht das Klavier ...«

»Das haben wir alles schon durchgespielt, da kommt keine Maus ungesehen herein!«

Der Einsatzleiter klingt mißmutig. Sein Respekt von eben ist bereits wieder verflogen. Ihm kommt es jetzt so vor, als glaube der Kommissar nicht, daß seine Männer ihre Arbeit ordentlich getan hätten. Meint er denn, daß sie etwas übersehen hätten? Daß er klüger ist als alle anderen? Hat er keine Ahnung von ihrer Ausbildung?

Das kann er keinesfalls auf seinen Leuten sitzen lassen. Seine Truppe besteht aus den fähigsten Spezialisten von ganz Österreich! Sie stehen unter seiner Leitung! Wenn sie nicht in diesen verdammten Ballettsaal hineinkommen, dann schafft es niemand!

Richard Moser entgeht es völlig, daß er mit seinen Überlegungen bei Oberst Steinhauer in ein Fettnäpfchen getreten ist. Er konzentriert sich so ausschließlich auf die Lage im Ballettsaal Eins, daß er gar nichts anderes mehr wahrnimmt.

»Sie haben recht, und deshalb müßte es auch sehr schnell gehen«, stimmt er ihm sogar zu und grübelt stumm weiter. Da ist etwas in seinem Unterbewußtsein, das ihn wie ein lästiges Pieken an etwas ganz Bestimmtes mahnt. Etwas Naheliegendes, Einfaches, Selbstverständliches ... wenn er doch nur wüßte, an was?

Der Einsatzleiter kommt sich ausgesprochen überflüssig vor. Er ist es nicht gewohnt, übersehen zu werden. Er wendet sich zum Gehen, aber Richards Stimme hält ihn noch einmal auf. »Ich würde Sie bitten, mit mir in Funkkontakt zu bleiben und mir jede Veränderung zu melden!«

»In Ordnung!«

Oberst Steinhauer würde die Bitte am liebsten glatt abschlagen. Es kostet nur unnötige Zeit, sich mit Zivilisten abzustimmen, aber er kennt seine Pflicht. In diesem Fall hat Richard Moser die oberste Entscheidungsgewalt. Im Augenblick wenigstens noch ... Daß er seinen ganzen Einfluß geltend macht, damit sich das schnellstens ändert, versteht sich von selbst. Ein Kommissar, der Möbel rückt, anstatt zu handeln, muß seiner Meinung nach abgelöst werden.

In der Tür kommt ihm Ernst Stockinger entgegen, der von Anna erfahren hat, was Richard so dringend vorhin wissen wollte.

»Das Mädchen sagt, der Koffer steht auf dem Tisch, links von ihm«, berichtet er ein wenig außer Atem, weil er so gerannt ist. Nur so war es ihm möglich, Frau Professor Synek zu entkommen, die draußen auf jeden Polizisten lauert, der auch nur annähernd danach aussieht, als habe er etwas zu sagen.

Oberst Steinhauer preßt die schmalen Lippen unter seinem Bärtchen zu einem verächtlichen Strich zusammen. Was macht es für einen Unterschied, ob dieser Koffer auf dem Boden oder auf dem Tisch steht? Borek wird ihn bei der Flucht in der Hand haben, darauf kommt es an. Ob das die Mordkommission nun wahrhaben will oder nicht.

»Gut, dann besorg' mir so einen Koffer!« fordert Richard dagegen sofort von Stocki.

»Was? Bist verrückt? Wo soll ich jetzt einen Koffer herkriegen?«

»Was weiß ich? Kümmer' dich!«

Also wieder fort? Wie oft soll er eigentlich noch wegen Kleinigkeiten durch die Gegend laufen? Manchmal fühlt sich Stockinger von Richard wirklich überfordert. Was plant er überhaupt, und wozu braucht er ausgerechnet ein Gepäckstück? Gibt es keine wichtigeren Aufgaben für einen ersten Kriminalassistenten, als ausgerechnet nach einem blöden Koffer zu suchen? Offensichtlich nicht!

»Stocki, bitte beeil' dich, wir haben keine Zeit zu verlieren!«

Den Ton kennt Stocki. Da ist mit Richard nicht mehr zu reden. Deutlich verschnupft macht er sich auf den Weg. Im Grunde ist er nicht wegen des Koffers beleidigt, sondern weil ihn Richard nicht einweiht. Er kann es nicht leiden, wenn der Kommissar so geheimnisvoll tut. Schließlich ist er nicht nur sein Kollege, sondern auch sein Freund. Dem teilt man normalerweise mit, was man vorhat! Oder hat sich da seit heute etwas geändert, von dem er nichts weiß?

Rex blinzelt hinter Stocki her. Ob er diesmal Wurstsemmeln mitbringt? Vermutlich nicht. Wenn er so rennt, muß es einen dienstlichen Grund haben. Schade. Er will gerade die Augen wieder schließen, da entdeckt er ein paar Schmutzspuren auf seiner rechten Pfote und knabbert so lange daran herum, bis sie verschwunden sind. Vermutlich ein Andenken an das Ballspiel im Garten heute morgen. Besser er macht das selbst, ehe der Boß wieder auf die Idee kommt, ihn in die Badewanne zu stecken und zu säubern. Ab und zu ist das nötig, aber Rex kann sich wirklich Schöneres vorstellen. Wasser in solchen Mengen, wie es in einer Badewanne steht, macht ihm keinen Spaß. Daß Menschen wie Richard stundenlang gemütlich in einer solchen Wanne liegen können und sich auch noch freiwillig Schaum in die Haare schmieren, ist ihm ohnehin ein Rätsel. Zweibeiner haben schon seltsame Einfälle.

Das leise Schnaufen und Knabbern mahnt Richard wieder an seinen vierbeinigen Freund.

Daß der jetzt so betont auf seine Anwesenheit aufmerksam macht, liegt daran, daß er ihn schon geraume Zeit nicht beachtet hat. Unwillkürlich muß er trotz der ernsten Lage schmunzeln. Rex weiß eben, wie er die Menschen zu behandeln hat. Er sorgt schon dafür, daß man ihn nicht vergißt.

Manchmal kann dieser Hund so lautlos wie ein Schatten sein. Wenn er Schuhe versteckt oder fremde Wurstsemmeln beschlagnahmt, zum Beispiel. Dann sieht und hört man ihn nicht. Dann ist er wie ein Windhauch um die nächste Ecke verschwunden, ehe man sich umdreht. Dann meint man, daß er sich mitsamt seinen stolzen achtunddreißig Hundekilos in Luft auflösen kann.

Klar, so ein Ermittler auf vier Pfoten, der im Polizeidienst ausgebildet wurde, wie das bei Reginald von Ravenhorst der Fall ist, hat ja auch gelernt, sich anzuschleichen. Nur einer wie Rex bringt es fertig, in der Stadt eine fünf Tage alte Spur zu finden oder einen Gangster zu verfolgen, wie er es schon bei manchem gemeinsamen Fall getan hat.

Wenn dieser Hund nicht will, daß man ihn entdeckt, dann hat man keine Chance. Versteckspielen kommt für

Rex gleich nach Ball spielen. Das ist sozusagen Lieblingshobby Nummer zwei.

Je weiter Richard diesen Gedanken verfolgt, um so tiefer graben sich die Falten auf seiner Stirn ein. Da ist eine Idee in seinem Kopf, ganz versteckt und durcheinander zwar, aber mit jeder Sekunde gewinnt sie an Kontur. Eine verrückte, wahnsinnige, gefährliche Idee. Aber der erste Einfall, der so etwas wie eine Chance verspricht.

Rex bekommt eine Aufgabe

9

Es ist die schwerste Entscheidung, die Richard jemals getroffen hat. Er weiß genau, was er von Rex verlangt, und er kennt die minimalen Chancen auf Erfolg. Er weiß, was er aufs Spiel setzt: Nicht mehr und nicht weniger als das Leben seines vierbeinigen Freundes!

Aber haben sie beide eigentlich eine Wahl, wenn sie an die Mädchen denken, die im Ballettsaal um ihr Leben zittern? Die von einem brutalen Gangster bedroht und gefangen gehalten werden?

»Hör zu, Rex!«

Richard geht vor dem Hund in die Knie, und Rex legt den schönen Kopf ein bißchen schief. Das macht er immer, wenn er zeigen will, daß er ganz Ohr für seinen menschlichen Partner ist. Dann liegt soviel freundschaftliche Zuneigung in seinen samtigen Hundeaugen, daß jeder normale Zeitgenosse glattweg dahinschmelzen muß. Unter diesem Blick fällt es dem Kommissar noch schwerer weiterzusprechen, aber er findet keinen anderen Ausweg.

»Wir müssen es probieren«, erklärt er Rex seinen abenteuerlichen Plan. »Ich glaube, daß wir eine Chance haben. Aber du mußt vorausgehen, du bist der einzige, der da ungesehen hineinkommen kann . . .«

Rex winselt leise. Er hat schon verstanden, daß er eine enorm wichtige Aufgabe zugeteilt bekommt. Aber außerdem gilt das freundliche Winseln auch Max Koch, der soeben den Raum betritt. Max ist so etwas wie Richards väterlicher Freund und Rex' zweitbestes Herrchen.

Der pensionierte Kripobeamte hat den jungen Richard Moser vor vielen Jahren zur Polizei gebracht. Damals war Richie Moser ein wilder, schwieriger Junge. Ein Einzelgänger, der mit ersten kleinen Gaunereien auf dem besten Wege war, irgendwann auf die schiefe Bahn zu geraten. Er hatte wenig Chancen, dieser Richie Moser von damals. Sein Lebensweg war eigentlich vorgezeichnet.

Ohne Vater aufgewachsen, in einem Viertel groß geworden, in dem man frühzeitig lernen mußte, sich durchzubeißen, schien es klar, wo er landen würde. Nach dem Tod seiner Mutter verlor er endgültig den Halt. Und wäre er nicht bei seinem ersten Versuch, sich auf unehrliche Weise Geld zu verdienen, an einen Kriminalbeamten mit Herz und Verstand geraten, wer weiß . . .

Max Koch besaß genügend Menschenkenntnis, um den guten Kern in dem jungen Rowdy zu entdecken. Er erkannte, daß er lediglich eine starke Hand und ein Ziel benötigte, auf das er seine wilden Energien richten konnte. Seinem Einfluß ist es zu verdanken, daß Richard damals einen anderen Weg eingeschlagen hat. Er verschaffte ihm die Chance, das zu werden, was er heute ist, und Richard hat es ihm nie vergessen, auch wenn sie beide nur wenig Worte darüber verlieren.

Max Koch brachte ihn zur Polizei, und er ist viel mehr als nur ein Freund für Richard geworden. Auch wenn der alte Herr nie darüber spricht, so sieht er in Richie doch seinen Sohn. Einen Adoptivsohn zwar, aber einen, den er sehr lieb hat, auch wenn er es nur zu gern hinter brummiger Kritik und strengen Ermahnungen verbirgt.

Seine Zuneigung schließt selbstverständlich auch Rex mit ein, auch wenn der erst vor kurzem Familienmitglied geworden ist. Auch Rex liebt den pensionierten Kriminalkommissar. Hätte Max damals Richie nicht davon überzeugt, daß er einen guten Polizeibeamten abgeben würde, sie hätten sich schließlich niemals kennengelernt. Schon allein deswegen hat er sich Rex' Zuneigung verdient, und deswegen winselt er auch so freundlich zu seiner Begrüßung.

»Ich will dich ja nicht stören, Richie . . .«

Erst jetzt wird auch Richard auf den Besuch aufmerksam, den Rex schon viel früher bemerkt hat. Das ist kein Kunststück, er hört und riecht besser als jeder Mensch. Mit einer Nase, die zweihundertzwanzig Millionen Aufnahmezellen hat, kann der Kommissar einfach nicht konkurrieren. Er ist auf ein bißchen mehr Lärm angewiesen. Erstaunt erkennt er seinen alten Freund und Billard-Partner.

»Max, was machst du denn hier? Hast du wieder mal Polizeifunk abgehört oder was?« grinst er.

Max ist der einzige Mensch, der ihn Richie nennen darf. Der Name ist die letzte Erinnerung an den jungen Rocker von damals. Der Name und Richards Vorliebe für längere Haare, die dem Herrn Oberst so sauer aufgestoßen ist. Und ein Dickkopf, der es mit dem von Rex aufnehmen kann und der unbeirrt dem eigenen, so hart erarbeiteten Empfinden für Recht und Gerechtigkeit folgt.

Obwohl Max Koch seit vielen Jahren pensioniert ist, bleibt er gern auf dem Laufenden. Was er nicht von Richard erfährt, verraten ihm die ehemaligen Kollegen oder – manchmal – der Polizeifunk.

Bei einer so gefährlichen und riskanten Aktion wie dieser Geiselnahme in der Ballettschule kann er einfach nicht zu Hause sitzen und im Radio hören, was passiert. Richard und Rex sind seine Familie. Da will er aus erster Hand wissen, ob sie wohlauf sind oder nicht.

»Reg' dich nicht auf!« Der grauhaarige alte Herr mit dem gutmütigen Gesicht tippt an seinen Hut und nimmt ein wenig umständlich die Brille ab. Er befürchtet, daß Richard seine Anwesenheit vielleicht in den falschen Hals bekommen könnte. Die Zeiten, wo er ihm fachliche Ratschläge geben konnte, sind längst vorbei. »Ich misch' mich nicht ein, aber ... ich möchte nur in deiner Nähe sein«, sagt er ein wenig schüchtern. Fast so, als hätte er

Angst, zuviel von seinen versteckten Gefühlen zu verraten.

Auch Max macht sich keine Illusionen. Er weiß, was es bedeutet, wenn bei dieser Befreiungsaktion etwas schiefgeht. Er will wenigstens dabei sein und selbst miterleben, wie das Drama endet. Er hat keine Angst um sein eigenes Leben. Er hat Angst um Rex und Richie. Große Angst. Und wenn ihnen etwas passiert, ist es ohnehin egal, was aus ihm wird.

»Danke, Max!«

Richard weiß genau, was in seinem Kopf vorgeht. Er weiß aber auch, daß Max jede Art von überflüssiger Rührseligkeit verabscheut. Jetzt ist keine Gelegenheit für Sentimentalitäten. Am besten beginnen sie mit der Arbeit, ehe ihnen die Zeit davonläuft.

»Du kannst mir helfen, Max«, nickt er deswegen ganz sachlich. »Stell dich an die Tür, ich erklär dir später, was los ist . . .«

Gehorsam nimmt Max Koch den Platz ein, der ihm zugewiesen wird. Im selben Moment schleppt der Hausmeister den gewünschten Tisch herbei, und Ernst Stockinger hat endlich auch einen Pilotenkoffer aufgetrieben. Er wartet umsonst auf ein Lob von Richard.

Der Kommissar kommandiert sie fast so knapp herum wie der Einsatzleiter unten seine drahtigen Spezialisten.

»Stellen Sie den Tisch an denselben Platz wie oben«, verlangt er vom Hausmeister. »Stocki, den Koffer oben drauf!«

Dann schickt er den Hausmeister in die gleiche Ecke, in der oben die Kinder kauern. Er holt sich einen Stuhl, plaziert ihn neben dem Tisch und winkt Stockinger auffordernd heran.

»Stocki! Setz' dich hinter den Tisch!«

»Kannst du mir vielleicht erklären, was das Ganze soll?« erkundigt sich Stocki ein wenig sauer, aber er bekommt auch diesmal keine Antwort. Er fühlt sich immer noch ausgeschlossen, und weshalb er wie ein Depp hier am Tisch sitzen soll, weiß er erst recht nicht. Wann rückt Richard endlich mit ein paar Einzelheiten heraus? Wenn er so verschlossen bleibt, ist das ein schlechtes Zeichen.

Der Kriminalassistent muß ein ahnungsvolles, höchst unbehagliches Gefühl unterdrücken. Er ist nicht feige, aber er hat gelernt, vorsichtig zu sein. Speziell, wenn Richard und Rex ihre Finger und Pfoten im Spiel haben. Seine innere Stimme sagt ihm, daß Gefahr im Verzug ist.

»Nimm deine Pistole in die Hand!« erhält er den nächsten Befehl.

Stocki greift nach seiner Dienstpistole und schaut zu, wie Richard Rex neben das Klavier führt, das direkt beim Eingang steht. Dort geht er in die Knie und legt dem Hund freundschaftlich den Arm um den Hals. Es sieht gemütlich aus, geradezu familiär. Vielleicht ist dieses Bild daran schuld, daß es ein paar Sekunden dauert, bis sein nächster Satz über den Umweg von Stockis Ohr auch seinen Verstand erreicht.

»Und dann üben wir, daß Rex dir die Pistole wegnimmt, Stocki!«

Ernst Stockinger sagt nichts. Er ist völlig starr. Seine Augen drohen ihm aus dem Kopf zu fallen, und sein

Mund öffnet sich, ohne daß der kleinste Laut zwischen den Lippen hörbar wird. Dafür überschlagen sich die Gedanken hinter seiner hohen Stirn, wie die Ameisen in einem Bau, denen Rex mit seinen neugierigen Pfoten einen unverhofften Besuch abstattet.

Wenn der Schäferhund nur mit ihm spielt, ist ihm schon mulmig genug zu Mute. Aber daß er sozusagen in vollem Einsatz mit ihm um eine Waffe kämpfen soll – hat Richard den Verstand verloren? Mit diesem riesigen, gefährlichen Tier, dessen Zähne wie Dolche schimmern? Das ihn umwirft, wenn es ihn aus dem Lauf heraus anspringt?

Rex hat bei der Aussicht auf ein neues Spiel mit Stocki die Ohren noch interessierter als sonst gespitzt. Ein bißchen Abwechslung und Unterhaltung mit seinem Lieblingsopfer? Das hört sich doch prächtig an, worauf wartet Richard noch? Er winselt zufrieden und klopft ungeduldig mit der Rute aufs Parkett.

Wann geht es endlich los?

Er mag es, wenn er unter Beweis stellen kann, wie klug und raffiniert er ist. Und mit Stocki vertreibt er sich die Zeit besonders gern. Da ist dann die nächste Lektion mit dem Unterrichtsziel ›Wie lerne ich Rex zu lieben‹ fällig. Nötig ist sie, wenn er sich den völlig versteinerten Mann auf dem Stuhl so anschaut.

In der Zwischenzeit muß Peter Höllerer den aufgebrachten Jerszy Borek beruhigen. Dessen Geduld ist ziemlich am Ende, und daß Kommissar Moser nicht mehr selbst mit ihm telefoniert, macht ihn noch mißtrauischer, als er es ohnehin schon ist. Wollen ihn die Bullen hereinlegen? Wo steckt dieser verdammte Kommissar?

»Nein, wir halten Sie nicht hin«, versichert ihm Höllerer bereits zum dritten Mal. »Ihr Freund Kaschinski wird jetzt jeden Moment da sein. Die Ambulanz ist schon mit ihm unterwegs. Der Moser ist nicht hier. Der ist unten, der beruhigt die aufgebrachten Eltern der Mädchen! Das hat sich herumgesprochen, was hier passiert!«

Höllerer ist ganz stolz auf die geschickte Ausrede, aber der Geiselnehmer glaubt ihm kein Wort. Er erwartet von der Polizei schließlich jede Menge linker Tricks.

Und daß der Moser sich dafür hergibt, selbst mit hysterischen Eltern zu reden, kann der Bulle am anderen Ende der Leitung einem Idioten erzählen, aber nicht Jerszy Borek.

»Verscheißern kannst du jemand anderen!« schreit er erbost in den Hörer. »Sag' ihm, daß ich nicht länger warten werde!«

Er unterbricht die Verbindung, indem er das Gewehr auf die Telefongabel drückt. Auf die Weise hört er wenigstens die drastische Beleidigung nicht mehr, die dem Höllerer deswegen herausrutscht.

So gemütlich der Dicke normalerweise ist, gegen Schwerverbrecher, die Kinder als Geiseln nehmen, hat er etwas. Einen solchen Kerl würde er am liebsten zwischen seinen Fäusten haben. Und bei seinem Gewicht steckt ein ganz schöner Wumm hinter den Schlägen. Schade, daß Borek nie in die Lage kommen wird, diesen Wumm kennenzulernen.

Im Ballettsaal des Erdgeschosses wird es in diesem Augenblick ernst für Rex. Richard weiß, daß er dem Hund auch diese gefährliche Aufgabe wie ein Spiel beibringen muß. Normalerweise müßte er sogar ausreichende Pausen dazwischen machen und ihn mit kleinen Leckerbissen belohnen, aber dazu ist keine Zeit. Er muß auf die Klugheit des Tieres vertrauen, das trotz allem wie ein Tier reagiert und handelt, auch wenn man oft genug das Gefühl hat, daß Rex menschliche Züge besitzt.

So prägt er sich wie jeder andere Schäferhund nicht den tatsächlichen, menschlichen Sinn eines Wortes ein, sondern die besondere Art und Weise, wie Richard es ausspricht. Daraus und aus den Gesten, die es begleiten, aus den Zeichen und Blicken, die er bekommt, erkennt er, was von ihm verlangt wird.

An diesem Tag ist Rex noch gelehriger als sonst. Er scheint zu fühlen, daß es um eine lebenswichtige Aufgabe geht. Er begreift genau, was er mit der Pistole machen muß, die Stocki in seiner Hand hält. Und er läßt sich willig für seinen großen Auftritt vor die Tür schicken, bis er sein Stichwort bekommt.

»Richie, wie soll das funktionieren?«

Max Koch liebt Rex, aber was Richard von ihm verlangt, ist nahezu ein Zauberkunststück, das kein Hund vollbringen kann. In seiner Dienstzeit hat Max eine Menge Polizeihunde kennengelernt. Auch wenn er zugeben muß, daß kein Rex darunter war, zweifelt er trotzdem an seinen Fähigkeiten. Er ist ein Hund und kein Magier!

Er besitzt vielleicht Instinkt, aber doch keinen menschlichen Verstand! Es ist gefährlich, sich Illusionen zu machen.

Gut, daß Rex bereits draußen sitzt. Es würde seiner Freundschaft mit Max nicht bekommen, wüßte er von den plötzlichen Zweifeln des alten Herrn. Rex verlangt bedingungslose Loyalität von seinen Freunden. Vertrauen in seine Fähigkeiten und keine dummen Bedenken. Hat er ihnen nicht oft genug bewiesen, daß er mehr kann als andere Hunde? Daß man sich bedingungslos auf ihn verlassen darf?

»Bitte, Max, wart's ab!« wehrt sich auch Moser gegen jede Kritik an seinem Partner mit der feuchten Schnauze. Er weiß selbst, daß er Rex überfordert, aber hat er denn eine andere Wahl?

Er hat Stocki ein dickes Handtuch um die Pistolenhand geschlungen. Er will nicht, daß Rex seinen Kollegen verletzt, sollte er im Eifer des Gefechts ein bißchen zu stark zuschnappen. Ein erwachsener Schäferhund bringt eine Menge Energie und Kraft mit, wenn er sich mit vollem Einsatz in einen Kampf wirft.

Stocki sagt gar nichts mehr. Der Schweiß steht ihm auf der Stirn, und tief drinnen wiederholt er blitzschnell alle Stoßgebete, die ihm in der Eile einfallen. Er hat Angst vor Hunden! Er fürchtet auch Rex, selbst wenn der bewiesenermaßen ein besonders liebes und wohlerzogenes Exemplar von Schäferhund ist. Zumindest dann, wenn er nicht gerade Schuhe versteckt oder gestohlene Wurstsemmeln frißt.

Trotzdem sieht ihn Stocki am liebsten von hinten, wenn seine buschige Rute um die nächste Ecke verschwindet. Erst dann kann er aufatmen und sich entspannen. Jetzt ist an Beruhigung nicht zu denken.

Lieber Himmel! Warum mußte er nur zur Polizei gehen? Warum ist er nicht Finanzbeamter geworden oder Parkwächter? Weshalb hat er nicht einen ruhigen Job als Straßenbahnschaffner oder Zeitungsträger angenommen? Irgend etwas Friedliches, gut Bezahltes, enorm Langweiliges, Sicheres, bei dem man hundert Jahre alt wird und frühzeitig in Pension geht?

Richards Stimme klingt in seinen Ohren merkwürdig weit entfernt. So als lägen mindestens zwei Meter mannshohe Watte zwischen ihnen. Watte, die er gut brauchen kann, wenn sich Rex gleich auf ihn stürzt!

»Also paß auf«, erklärt der Kommissar gerade Max Koch seinen Plan, der nur einen entscheidenden Fehler hat. Er beruht darauf, daß Jerszy Borek erneut ihre Forderungen erfüllt und weitere Mädchen freigibt. Daß sie ihn irgendwie davon überzeugen können, daß er seinen guten Willen unter Beweis stellen muß. »Der Borek geht zur Tür, weil er die Mädchen hinausläßt, ja?«

Max Koch nickt, soweit hat er alles begriffen. Wie hier geht auch oben der Türflügel nach innen auf und verbirgt für die Außenstehenden den Mann dahinter. Das kalkuliert der Geiselnehmer sicher ein. Hinter diesem Schutz kann er sich verstecken und gleichzeitig die übrigen Geiseln weiter bedrohen.

»In dem Augenblick, wo er die Tür aufmacht, also wenn die Mädchen an ihm vorbeigehen, huscht Rex herein und versteckt sich hinterm Klavier. Verstehst du? Du bist der Borek, also mach' bitte die Tür auf . . .«

Der alte Mann geht zur Tür und öffnet sie vorsichtig. Draußen wartet Rex. Gespannt und voll konzentriert. Bis in die gespitzten Ohren bereit, auf das Kommando seines Herrn zu hören und sich an die Arbeit zu machen.

Geht's jetzt los? Wurde auch Zeit!

»Okay, Rex! Komm!«

Rex zögert ein bißchen. Ausgerechnet dieses wichtige Mal! Wieso tut er das? Richard Moser versucht geduldig einen zweiten Anlauf.

»Komm, Rex! Versteck dich hinterm Klavier!«

Rex legt den Kopf schief und schaut zu dem komischen Kasten mit den schwarzen Brettern, auf den der Boß deutet. Meint Richie das ernst?

Dahinter verstecken? Ein Kinderspiel. Wo ist da die Schwierigkeit?

So ganz begreift er es nicht. Vorhin hat er doch gespürt, daß es ein spannendes, wichtiges Spiel werden soll, aber das hier ist eine babyleichte Angelegenheit. Sowas schafft jeder tolpatschige Welpe ohne Ausbildung, der auf vier Pfoten stehen kann. Er blinzelt irritiert zu Richard hinüber. Hat er keine kompliziertere, faszinierendere Aufgabe für ihn?

Eine schnelle Geste weist erneut auf den Kasten, und dazu hört er das unmißverständliche Kommando: »Hinters Klavier!«

Also dann. Wenn Richard diesen einfältigen Anfängertrick haben will, soll er ihn bekommen. Rex huscht durch den Türspalt. Leise tappst er an den gewünschten Ort und streckt triumphierend die Schnauze um die Ecke.

Hier bin ich! Alles okay bisher? Wenn ich nicht will,

kann mich hier hinten niemand entdecken. Ein schöner Schlupfwinkel!

»Gut so. Gut, Rex!«

Das Lob schmeichelt Rex, auch wenn er das selbstkritische Gefühl hat, daß es für diese simple Sache ziemlich übertrieben ist.

Immerhin, Richards Tonfall verrät ihm, daß sein Herrchen bisher mit ihm zufrieden ist. Daß er mit einer Belohnung rechnen kann. Hundekekse vielleicht? Mal abwarten, wie es weitergeht. Vielleicht wird es ja noch ein bißchen anspruchsvoller.

»Hast du was gesehen?« wendet sich Richard jetzt fragend an Max Koch.

»Nein«, schüttelt der Ältere den Kopf. Rex hat seine Sache gut gemacht. »Erst war er von der Tür verdeckt und dann vom Klavier!«

Rex peilt schlitzohrig um die Ecke seines Verstecks und gibt einen Laut von sich, der in der Menschensprache vermutlich »Siehst du!« heißen würde. Man hat ihm gesagt, daß er sich verstecken soll. Logisch, daß er das dann tut. Was soll die zusätzliche dumme Frage? Hat Max vielleicht erwartet, daß er auch nur ein braunes Fellhaar von ihm sehen würde? Er ist doch kein Anfänger.

»Sehr gut!« wiederholt Moser sein Lob und geht zu Rex. Er kauert sich neben seinen Freund und schildert ihm genau, wie das Kunststück weitergehen soll.

»Jetzt paß auf, Rex! Der Mann da« – sein ausgestreckter Zeigefinger deutet auf den blassen Stockinger und seine Pistole – »der Mann da hat die Beute! Da ist die Beute in seiner Hand, verstehst du?«

Natürlich versteht Rex. Stocki hat immer die Beute. Meistens sind es Wurstsemmeln, die er vor ihm versteckt. Aber egal ob er es mit der Schreibtischschublade oder der Manteltasche versucht, eine Spürnase wie Rex findet immer ihr Ziel.

Diesmal ist die Beute also die Waffe, die er zitternd zwischen den Fingern hält. Schade. Etwas zum Essen wäre Rex bei weitem lieber gewesen. Er winselt leise, um Richard das mitzuteilen. Aber der hat anderes im Sinn, als eine kleine Stärkung für seinen Freund.

»Der Mann darf dich nicht sehen, verstehst du? Erst wenn er wegschaut, dann darfst du hin!«

Logisch. Rex winselt wieder. Wenn Stocki ihn sehen würde, wäre das Ganze ja kein Versteckspiel. Dann wäre es einfach Stocki erschrecken und auf die Dauer auch langweilig. Geradezu öder Alltag und kein heraus fordernd mitreißendes neues Stocki-Spiel.

»Da ist die Beute!« wiederholt Richard dicht an Rex Ohr. Dann fügt er mit ganz anderer Stimme hinzu: »Jetzt schau mal weg, Stocki!«

Das Unbehagen der ganzen Welt steht in Stockingers Miene, aber er zwingt sich, dem Befehl seines Vorgesetzten zu folgen. Es hat ohnehin keinen Zweck. Wenn Richard Moser sich etwas in den Kopf gesetzt hat, dann kann ihn niemand davon abhalten. Auch nicht sein Assistent.

Ob die Krankenkasse den Klinikaufenthalt bezahlt, wenn ihn der Rex zerfleischt? Und was wird erst seine Frau dazu sagen? Und seine Schwiegermutter? Ob ihn die beiden im Krankenhaus besuchen werden?

»Lieber Gott, bitte hilf, daß mir nix passiert!« Stocki bewegt stumm die Lippen.

»Okay, faß!« befiehlt Richard, gerade als Stocki ergeben »Amen!« sagen will.

Rex schießt wie ein braun-goldener Schatten aus seinem Versteck. Auch wenn der Kriminalassistent mit ihm gerechnet hat – als sich die scharfen Fänge des Tieres in Arm und Waffe schlagen, schreit er vor Schreck auf. Er macht eine ungeschickte Bewegung zur Seite und stößt dabei gegen den Pilotenkoffer. Unter großem Getöse poltert das schwarze Gepäckstück vom Tisch.

Richard läuft herbei und legt eine beruhigende Hand auf Stockis zuckende Schulter. Rex sitzt in Habtachtstellung vor ihm, Stockis Waffe stolz im Maul.

Na, wie habe ich das gemacht? Schmeckt gräßlich nach Waffenöl und Schmiere, dieses Ding, eine schöne dicke Wurst wäre mir wirklich lieber gewesen.

»Das war schon sehr gut, Rex!« lobt Richard und krault ihm die Ohren. Dann bückt er sich nach dem Koffer und stellt ihn auf den Tisch.

»Das war wirklich gut, Rex! Aber der Koffer – NICHT!« Obwohl er keineswegs lauter spricht, betont er das letzte Wort so ausgeprägt, daß Rex begreift.

Okay, wenn der dumme Koffer stehen bleiben soll, dann bleibt er eben oben. Wenn Richie soviel Wert darauf legt, wird er auf den Koffer achten. Warum auch nicht? Es macht das Spiel ein bißchen komplizierter, aber Rex findet Herausforderungen völlig in Ordnung.

»Diesen Koffer darfst du nicht berühren!« betont Richard noch ein weiteres Mal. Er steht genau hinter dem

Gepäckstück und bewegt beide Handflächen in der Luft über Kreuz, als wolle er das dunkle Ding auf dem Tisch damit regelrecht durchstreichen. »Dieser Koffer darf nicht hinunterfallen, verstanden?«

Natürlich, Rex ist ja nicht dumm. Er begreift auch, was es bedeutet, als der Boß sagt: »So, und jetzt machen wir das Ganze noch einmal!«

Er läßt sich friedlich die Beutepistole wieder abnehmen und tappst gleich nach draußen vor die Tür. Sicher will Richard das komplette Kunststück im Zusammenhang sehen. Jetzt ohne die Unterbrechungen und Anweisungen. Stockinger sinkt seufzend in sich zusammen und wischt sich mit der verbundenen Hand den Schweiß ab.

»Muß das sein, Richard?« erkundigt er sich völlig geschafft.

»Geh, jetzt hab' dich nicht so!« sagt sein Freund und Vorgesetzter mitleidlos. »Der Rex tut dir doch nichts! Du weißt, daß er ganz harmlos ist.«

»Du hast gut reden«, murmelt Stocki und versucht sich in Galgenhumor. »Du mußt deinen Arm nicht als Hundefutter zur Verfügung stellen. Ich hoff' nur, du hast ihm heute morgen ein ordentliches Frühstück gemacht. Wenn der Rex auch noch Hunger hat, seh' ich schwarz für meine Zukunft bei der Polizei. Oder meinst, daß es bei uns im Präsidium auch ein paar Planstellen für einarmige Beamte gibt, die im Kampf um die Gerechtigkeit verstümmelt worden sind?«

»Stocki, du übertreibst«, grinst Richard und klopft ihm aufmunternd auf die Schulter. »Aber ich werd' mich dafür einsetzen, daß du auch mit einem Arm in meinem

Team bleiben darfst. Versprochen! Oder Leo bringt dich im Institut unter ...«

Ernst Stockinger verdreht die Augen und schweigt. Wenn das nicht wieder typisch Richard ist. Macht auch noch blöde Witze, daß er ihn zu Doktor Graf ins Gerichtsmedizinische Institut stecken will, statt daß er ihm beisteht. Wie war doch das dumme Sprichwort? Wer den Schaden hat ...

Plötzlich jedoch fallen ihm die kleinen Mädchen im Ballettsaal oben ein. Unschuldige Kinder, die niemandem etwas getan haben. Sie haben sicher noch viel mehr Angst als er. Gegen einen Jerszy Borek, der unkontrolliert mit einem Schnellfeuergewehr herumfuchtelt und einen Koffer mit Plutonium bei sich hat, ist sogar ein wildgewordener Rex das kleinere Übel.

Er schielt zu Max Koch und Richard Moser hinüber. Er zweifelt keine Sekunde daran, daß die beiden im Notfall bedenkenlos das eigene Leben riskieren würden, wenn es darum ginge, ein anderes zu retten. Über ein paar unangenehme Minuten oder eine leichte Schramme würden sie vermutlich kein Wort verlieren. Die würden sie höchstens ein normales Berufsrisiko nennen. Ist er vielleicht ein weniger guter Polizist als die beiden? Das darf er nicht auf sich sitzen lassen!

Also reißt sich auch Stocki mit Gewalt zusammen. Er beißt die Zähne aufeinander, daß es weh tut. Aber es hilft gegen die Panik. Die Hand mit der Pistole zittert längst nicht mehr so stark wie vorher.

Diesmal kann er sich sogar das gequälte »Aaaah!« verkneifen, als Rex wie ein Blitz hinter dem Klavier vorhechtet und nach der Waffe schnappt. Dabei ist er fürchterlich erschrocken, denn beim zweiten Versuch hat er nicht einmal aus den Augenwinkeln die leiseste Bewegung wahrgenommen.

»Phantastisch!« findet jetzt auch Max Koch und bestaunt den Koffer, der immer noch auf dem Tisch steht. Weder Rex noch Stockinger haben ihn auch nur berührt. Er tätschelt dem stolzen Vierbeiner liebevoll den Kopf. Rex jault zufrieden, diesmal findet er auch, daß er das Lob durchaus verdient hat. »Ich glaube, es könnte möglich sein, daß er es schafft.«

»Er schafft es!« behauptet Richard Moser ohne den Hauch von Bedenken in der Stimme. »Auf Rex können wir uns verlassen! Stimmt's, mein Bester?«

Rex winselt geschmeichelt.

Natürlich kann man sich auf ihn verlassen. Das wäre ja sonst noch schöner. Was soll die unnötige Pause? Er ist jetzt in bester Spiellaune! Wann darf er sich wieder verstecken?

»Jetzt kommt's auf den Borek an«, murmelt Richard leise.

Neue Schwierigkeiten

10

Jerszy Borek schweigt. Von Höllerer weiß Richard inzwischen, daß er das letzte Gespräch einfach abgebrochen hat. Seitdem herrscht Funkstille zwischen dem Geiselnehmer und der Polizei. Kein Laut ist aus dem Ballettsaal zu hören. Nicht einmal mehr ein Schluchzen.

Die Möglichkeit, daß der Pole auf ihre Forderungen eingeht, wird mit jeder Sekunde geringer. Und damit schwinden auch die Chancen für Rex. Richard weiß nicht, ob er deswegen traurig oder erleichtert sein soll.

Ihm ist klar, daß er ein Wagnis eingeht, wenn er Rex einsetzt. Er lädt die Verantwortung für viele, viele Menschenleben auf seinen vierbeinigen Freund ab.

Ist das zu vertreten? Darf er das überhaupt? Er hat nicht mehr als einen einzigen Versuch. Sollte der schiefgehen, löst er damit möglicherweise eine schwerwiegende Katastrophe aus.

Müßte er sich in einem solchen Fall nicht mit dem Polizeipräsidenten besprechen? Aber was kann ihm der schon sagen? »Lassen Sie die Finger von der Sache, Kommissar Moser! Das Risiko ist zu groß!«

Und wenn er das tut? Dann geht das Tauziehen um die armen Tänzerinnen und ihre Lehrerin in die nächste kräftezehrende Runde. Und niemand, nicht einmal der Polizeipräsident, wird vorhersagen können, wann Borek die

Nerven verliert und Amok läuft. Nein, er muß es einfach riskieren. Er hat keine andere Wahl, auch wenn die Erfolgschancen höchstens Fünfzig zu Fünfzig stehen, vielleicht sogar noch geringer.

Max Koch ahnt ziemlich genau, was in seinem jungen Freund vorgeht. So gern er ihm helfen würde, so wenig kann er es tun. Er kann nur bei ihm sein, ihm durch seine Gegenwart stumm mitteilen, daß er billigt, was er tut. Wie immer es auch ausgeht.

»Gut«, beendet Richard Moser das Schweigen. »Gehen wir hinauf! Wenn Borek sich die Sache überlegt und wirklich weitere Mädchen freiläßt, müssen wir oben sein, sobald er die Tür aufmacht.«

Gemeinsam mit Rex verlassen sie den Saal am Klavier vorbei. Der leere Koffer bleibt auf dem Tisch zurück. Rex' Pfoten tapsen gleichmäßig über das Parkett. Ihn lassen die Bedenken der Menschen kalt. Er hat ein paar vergnügliche Minuten hinter sich, und der zielgerichtete Schritt, mit dem der Boß nun davongeht, bedeutet mit Sicherheit, daß nach der Generalprobe endlich die Premiere folgen soll. Er ist bereit dazu.

»Wer von Ihnen ist Herr Moser?«

Die drei Männer sehen einen Notarzt in orangefarbener Jacke mit umgehängten Stethoskop auf sich zukommen. Seine Miene ist ernst. Richard stellt sich vor, und der Arzt nickt ihm einen zurückhaltenden Gruß zu.

»Wir haben den Patienten aus dem Spital im Wagen!« sagt er knapp.

»Und, wie geht's ihm?«

Etwas im Gesicht des Doktors gibt dem Kommissar zu

denken. Seine Antwort überrascht ihn im Grunde schon nicht mehr. Er hat es geahnt. In diesem Fall gibt es einfach nur Schwierigkeiten.

»Er ist auf der Fahrt verstorben!« antwortet der Mediziner vorwurfsvoll. Er begreift nicht, warum man einen Mann, der auf die Intensivstation gehört hätte, durch halb Wien fahren mußte. Seiner Meinung nach hat die Polizei Marek Kaschinski auf dem Gewissen, und er macht kein Geheimnis aus seinen Gefühlen.

Richard sieht ihm an, was er denkt. Trotzdem hat er keine Zeit, dem Mann zu erklären, weshalb es nötig war, Marek Kaschinski dieser Gefahr auszusetzen. Immerhin war auch Kaschinski ein mehrfacher Mörder, und er wurde bei einer blutigen Schießerei verletzt, die auf sein eigenes Konto ging. Wenn jemand Schuld an seinem Tod trägt, dann höchstens er selbst.

Sobald der Kommissar an die verängstigten Kinder denkt, die Kaschinskis Komplize im Ballettsaal in seiner Gewalt hat, vergeht ihm das Mitleid ohnehin. Aber wie zum Teufel wird Borek auf die Nachricht vom Tod seines Freundes reagieren? Vermutlich wird er die Sicherheitskräfte dafür verantwortlich machen. Daß Richard ihn auf den schlimmen Zustand seines Freundes hingewiesen hat, will er bestimmt nicht hören.

Es sei denn ... Richard wechselt einen nachdenklichen Blick mit den beiden anderen, dann holt er tief Atem. Es gibt nur eine einzige Möglichkeit. Er muß bluffen! Ganz eiskalt darauf setzen, daß sein unverfrorener Schwindel von Borek nicht durchschaut werden kann, weil er viel zu weit entfernt von den Geschehnissen ist.

Er geht zum Tisch und tippt die Nummer des Ballettsaales Eins in das Telefon, das dort steht. Der Geiselnehmer meldet sich so schnell, daß der Schluß naheliegt, daß er neben dem Apparat sitzt und auf den Anruf gewartet hat. »Ihr Freund Kaschinski ist jetzt hier, Herr Borek!« meldet er ihm sachlich.

»Gut!« Am anderen Ende der Leitung atmet Borek deutlich auf. »Bis jetzt bin ich mit Ihnen sehr zufrieden, Herr Moser!«

Wenn der wüßte, was mit Kaschinski wirklich passiert ist. Aber noch weiß er es ja nicht. Noch kann Richard das gefährliche Pokerspiel um Menschenleben mit dem Polen wieder aufnehmen. »Aber dafür lassen Sie ein paar von den Kindern frei, Borek!«

»Gut! Aber erst will ich ihn sehen!«

Der Pole stimmt zu seiner Verblüffung ohne große Diskussionen zu. Anscheinend liegt ihm sehr viel an dem toten Kaschinski.

»In Ordnung!«

Richard hält den Telefonhörer so in den Raum, daß Borek genau mithören kann, als er sich mit erhobener Stimme an den verblüfften Notarzt wendet.

»Lassen Sie die Tragbahre mit dem Mann aus dem Wagen schieben, daß man ihn vom Fenster aus sehen kann!«

Ein Glück, daß Borek nur auf seine Ohren angewiesen ist. So wird er nicht Zeuge, wie der Mediziner entgeistert schaut und erst nach einer kurzen Pause sehr zögernd nickt. Warum gönnt man diesem Toten nicht wenigstens jetzt seine Ruhe?

Die ernsten Mienen der anderen Männer überzeugen ihn jedoch davon, daß sie wichtige Gründe für ihre Bitte haben müssen. Sie sehen alle drei nicht skrupellos aus. Dem Verstorbenen kann es ohnehin nicht mehr schaden. Der Notarzt zieht sein Funkgerät aus der Tasche und gibt den wartenden Sanitätern im Ambulanzwagen den entsprechenden Befehl.

Richard zieht seine Unterlippe nachdenklich zwischen die Zähne und fährt sich nervös ein paarmal durch die Haare. Wird Borek auf diesen Betrug hereinfallen? Genügt die Entfernung bis zum ersten Stock, um einen Toten lebendig wirken zu lassen? Immerhin weiß auch der Pole, daß sein Freund eine lebensgefährliche Operation hinter sich hat. Er wird kaum von ihm erwarten, daß er sich bewegt oder ihm sogar zuwinkt.

Die Täuschung gelingt. Borek, der diesmal eine der kleinen Tänzerinnen als Kugelfang vor seinen Körper gehalten hat, während er aus dem Fenster sah, meldet sich wieder bei Richard Moser.

»Sehr gut, Herr Moser. Jetzt will ich mit ihm sprechen!«

Richard verdreht gereizt die Augen. Auch das noch. Woher soll er so schnell jemand auftreiben, der gut genug polnisch spricht, damit er Marek Kaschinskis Rolle am Telefon überzeugend spielen kann? Er muß Borek an einer anderen Stelle packen.

»Zuerst lassen Sie die Kinder frei, dann können Sie mit ihm reden!« fordert er ultimativ.

»Nein!«

Boreks Ablehnung klingt knapp und kalt. Endgültig. Richard läßt sich nicht einschüchtern. Er versucht es mit aller Überredungskunst, die er aufbringt. Wenn er Borek jetzt nicht dazu bringt, wenigstens für ein paar Geiseln die Tür zu öffnen, ist sein ganzer schöner Plan ohnehin zum Scheitern verurteilt.

»Hören Sie Borek, wir haben unsere Zusagen eingehalten, jetzt halten Sie die Ihren ein. Bevor Sie nicht mindestens drei der Mädchen freigelassen haben, reden wir nicht weiter.«

Diesmal ist es Richard, der die Verbindung von sich aus unterbricht und keine Antwort abwartet. Ein Wagnis? Max Koch nickt ihm aufmunternd zu. Seiner Meinung nach hat er alles richtig gemacht. Ob Borek dieses Ultimatum annimmt, müssen sie abwarten.

Tut er es, kommt Rex' große Chance. Der Schäferhund muß genau dann in den Saal schlüpfen, wenn Borek die angeforderten drei Mädchen hinausläßt. Sicher wird der Pole dabei unter höchster Anspannung stehen und nicht daran denken, den Blick auch noch zusätzlich über den Boden schweifen zu lassen. Wenn er bei dieser Gelegenheit einen Angriff der Polizei erwartet, dann auf Erwachsenenhöhe und nicht auf Höhe eines Hundes.

»Komm, Rex!« fordert Richard den Vierbeiner und indirekt auch seine Begleiter auf. Sie müssen nach oben und warten. Einmal mehr warten.

Rex winselt zustimmend. Seinetwegen hätten sie sowieso längst gehen können. Aber er hat schon gelernt, daß er Geduld haben muß, wenn Richard telefoniert. Sobald einer der bunten Kästen bimmelt, die überall herumstehen, hat das Ding Vorrang.

Obwohl das Haus von den Beamten des Sondereinsatzkommandos, der Polizei und der Anti-Terror-Gruppe geradezu wimmelt, herrscht gespenstische Stille im Treppenhaus.

Der vornehme Teppich, der über die Marmorstufen hinaufführt, verschluckt das Geräusch ihrer Schritte.

Rex schaut zu den üppigen Marmordamen hinauf, die sich an der Ecke des Treppenabsatzes räkeln. Komische Figuren. Er mag nur Statuen, die im Freien stehen. Und auch da genaugenommen nur die steinernen Sockel, die ihnen als Basis dienen. So ein Steinsockel mit Figur darauf ist etwas Phantastisches. Eine Wundertüte voll der interessantesten Gerüche für jeden normalen Hund. Man kann die Visitenkarten von Artgenossen ebenso darauf finden wie das hassenswert scharfe Aroma, mit dem Katzen einen friedlichen Kollegen geärgert haben. Auch Dieselgestank und Auspuffgase hängen in den Steinporen und manchmal sogar fremde, eigenartige Geruchsreste, die Tauben oder andere Vögel hinterlassen.

Es gehört zu Rex' Lieblingsbeschäftigungen, das alles auszuschnüffeln und am Ende das eigene Bein zu heben, um den vielen anderen seine eigene Marke hinzuzufügen. Als kleinen Gruß für alle anderen sozusagen. Freunde, hier war Reginald von Ravenhorst!

Bei diesen unbekleideten, molligen Damen da, die ihre stämmigen Schenkel in irgendwelche wild wallenden, marmornen Stoffbahnen verwickelt haben, käme Rex nie auf die Idee, auch nur die Pfote zu heben. Selbst wenn Stocki, Max Koch und der Boß nicht diese besorgniserregenden Gesichter machen würden. Das hier ist eben ein piekfeines Haus, in dem man keine Hunde schätzt.

Rex weiß das alles, ohne das Verbotsschild an der Haustür gesehen zu haben. Auch der entrüstete Hausmeisterblick, der seine Anwesenheit zur Kenntnis genommen hat, war nur eine Bestätigung längst registrierter Tatsachen. Rex hat sie beim ersten Eintritt in das Haus erschnuppert. Das allgegenwärtige, tierunfreundliche Duftsammelsurium aus Putz- und Desinfektionsmitteln hat es ihm deutlicher als jedes menschliche Verbot gesagt. Hinter diesen holzvertäfelten und marmorverkleideten Wänden wohnen höchstens ein paar bedauernswerte Mäuse, unempfindliche Spinnen und Silberfische.

Und die auch nur, bis der Kammerjäger bestellt wird, um ihnen den Garaus zu machen. Ein solches Haus betritt einer wie Rex höchstens, um zu arbeiten. Und dann kann man sich darauf verlassen, daß er weiß, wie er sich zu benehmen hat. Deswegen schnaubt er auch nur lautlos und verächtlich, als er an den Marmor Dicken vorbeihuscht. Vermutlich muß man ohnehin aus Stein sein, wenn man sich hier wohlfühlen soll. Da ist ihm jede gemütliche Vorstadt-Fleischhauerei lieber als dieses hochnoble Museum!

Im ersten Stock verharrt Richard neben Rex in der Deckung einer halboffenen Tür. Mit einem schnellen Blick in alle Richtungen kontrolliert er die Lage. Die Männer des Sondereinsatzkommandos sind auf ihren Posten. Die Augen in den vermummten unheimlichen Gesichtern hängen unverändert konzentriert an der Tür des Ballettsaales. Die schweren Waffen liegen schußbereit in ihren Händen.

Hinter der doppelflügeligen großen Holztür, die in den

Ballettsaal führt, ist es mucksmäuschenstill. Nicht einmal mehr ein Weinen oder eine Kinderstimme ist zu hören. Man könnte fast annehmen, daß niemand im Saal ist. Daß alles nur auf Einbildung beruht.

Aber der Kommissar weiß es besser. Er hat die eiskalte, rücksichtslose Stimme Jerszy Boreks zu gut im Ohr. Er hat diesen Mann schon einmal verhaftet und weiß genau, daß er keine moralischen Bedenken haben wird, seine Waffe zu gebrauchen, wenn man ihn in die Enge treibt. Die Einschußlöcher im rechten Türflügel, die er vorhin zur Warnung gesetzt hat, sprechen eine deutliche Sprache!

Gemeinsam mit Rex huscht Richard links neben die durchlöcherte Tür. Er hält den großen Rüden um die Schultern fest und bedeutet ihm stumm, daß ab sofort höchste Aufmerksamkeit gefordert ist. Der Countdown läuft.

Rex hätte das auch ohne seine ausdrückliche Aufforderung gewußt. Manchmal sitzen die Menschen wirklich auf der Leitung. Sein Spürsinn sagt ihm längst, daß es nicht mehr lange dauern kann.

Seine feinen Ohren nehmen etwas hinter der Tür wahr, das die Menschen noch gar nicht hören können. Zaghafte, leise Schritte, die näherkommen. Die spitzen, hellbraunen Ohren scheinen plötzlich weitere Millimeter spitzer und interessierter zu werden. Seine kräftigen Muskeln spannen sich sprungbereit unter dem stockhaarigen Fell mit der dichten Unterwolle.

Da! Der Türgriff! Rex hat es noch vor Richard bemerkt. Der verzierte breite Messinggriff bewegt sich im Zeitlupentempo nach unten. Der linke Türflügel öffnet sich einen schmalen Spalt breit nach innen. Man kann nicht sehen, ob jemand dahinter lauert, aber der Hund spürt die Anwesenheit des Mannes mit der Waffe, als wäre das Holz gläsern und durchsichtig.

Drei völlig verschüchterte, zierliche Tänzerinnen, die alle das gleiche Tüllröckchen und das gleiche rosa Trikot wie Anna tragen, gleiten verstört durch die enge Öffnung auf den Gang hinaus. Sie drängeln sich ängstlich aneinander. Sie stehen sichtbar unter Schock und wissen nicht, was sie tun sollen.

Es ist gar nicht nötig, daß Richard seinen vierbeinigen Freund anschubst. Rex ahnt instinktiv, daß er jetzt seinen wichtigsten Auftritt hat. Er gleitet an den drei Mädchen vorbei und ist im Inneren des Saales verschwunden, noch ehe die letzte kleine Tänzerin richtig über die Schwelle gekommen ist.

Die Tür schließt sich hinter ihm. Er ist fort. Richard starrt auf das geschnitzte Holz und hält unwillkürlich den Atem an. Es kommt ihm vor, als hätte ihm jemand mit aller Kraft die Faust in den Magen gerammt. Rex! Bitte, Rex! Paß auf dich auf!

Polizeibeamte nehmen die drei Mädchen in Empfang. Ihr erleichtertes Schluchzen wird leiser, je weiter sie sich auf der Treppe entfernen. Richard hört es kaum. Seine ganze Konzentration ist auf den Ballettsaal Nummer Eins gerichtet. Mit angespannten Sinnen lauscht er nach drinnen.

Was ist dort los? Hat Rex es geschafft, oder werden jeden Moment die Schüsse aus dem Schnellfeuergewehr des Polen ein Ende unter sein treues Hundeleben setzen? Wieso hat er ihn in diesen tollkühnen Plan hinein getrieben? Verdammt, jetzt ist es zu spät für Reue!

Richard spürt, daß ihm der Schweiß ausbricht. Er wischt sich mit dem Handrücken über die Stirn. Sein Hemd klebt unter der Jacke am Körper, und gleichzeitig friert er dummerweise. Die Stille hinter der Tür zerrt an seinen Nerven.

Das einzige, was er hört, ist Frau Professor Dr. Synek. Sie stürzt sich im Eingang auf ihre drei geretteten Schülerinnen. Kann denn niemand diese Frau zum Schweigen bringen?

Richard weiß, daß er ungerecht ist, aber irgendein Opfer braucht er, an dem er seine Nervosität auslassen kann.

Er würde etwas darum geben, könnte er in diesem Moment sehen, was Rex da drinnen macht. Ist es ihm gelungen, sich hinter dem Klavier zu verstecken? Belauert er nun Jerszy Borek und wartet auf seine Chance, ihm die Waffe zu entreißen? Steht der Koffer mit dem Plutonium wirklich noch dort auf dem Tisch, wo Anna ihn zuletzt gesehen hat? Fragen über Fragen, die niemand in diesem Moment beantworten kann.

Wo ist das Klavier?

11

Rex hat sich blitzschnell an den drei Ballettschülerinnen vorbeigeschummelt. Nicht einmal die angstbebenden Kinder haben etwas von ihm gespürt. Er wendet sich sofort nach rechts, um sich, wie er es vorhin so erfolgreich geübt hat, gleich hinter dem großen, schwarzen Kasten zu verstecken, der dort steht.

Aber da ist kein Klavier! Kein Kasten! Keine Deckung, kein Schutz! Wie soll er ohne dieses Ding Versteck spielen? Die beiden spindelbeinigen Stühlchen, die an der Stelle stehen, wo sich unten der breite, schwarze Kasten befand, bieten keinen vernünftigen Ersatz. Dahinter sieht man ja jede Fliege!

Aber was ist mit dem Stoff, der dort hinten zwischen der Spiegelwand und der Wand hängt? Er reicht bis auf den Boden hinunter und scheint sehr dicht zu sein. Er erinnert Rex an den Vorhang zu Hause in der Diele, hinter dem der Boß manchmal einfach irgendwelche Dinge verschwinden läßt, die ihm gerade im Weg sind. Leere Bierkästen zum Beispiel oder die Tüten mit dem Altpapier. Hinter solchen Vorhängen ist sicher auch Platz für einen Schäferhund.

Lautlos eilt Rex in diese Richtung. Seine Krallen, die man sonst immer ein wenig hört, verursachen kein Geräusch. Nur die Ballen berühren schwach das Parkett.

Mit der Schnauze taucht er hinter den Vorhang und schiebt sich in die Lücke zwischen Stoff und Wand. Nicht besonders gemütlich, aber ausreichend. Es riecht ziemlich staubig, und er muß aufpassen, daß er sich nicht durch ein Niesen verrät.

Er geht gerade rechtzeitig in Deckung. Inzwischen hat nämlich Borek die Tür wieder geschlossen und läßt seinen Blick prüfend durch den Saal gleiten. Die übrigen Mädchen drängen sich eng an die junge Ballettlehrerin, die den Polen beobachtet. Ihr angespanntes Gesicht ist blaß, und in ihren riesigen Augen steht nur eine Frage. »Wann können wir endlich hier raus?«

Borek lächelt sie zynisch an. Sie gefällt ihm, und daß sie Angst vor ihm hat, gefällt ihm erst recht. Im Gefängnis hat es keine Frauen gegeben. Aber zur Freiheit gehört auch eine Freundin. Eine hübsche Freundin. Vielleicht wird er sie auf seiner Flucht mitnehmen. Je mehr er darüber nachdenkt, um so besser gefällt ihm die Idee . . .

Sein Lächeln verursacht der Tanzlehrerin Magenschmerzen. Im Gegensatz zu den Mädchen, die sich an sie schmiegen, kann sie sich ausrechnen, was es bedeutet, wenn ein Verbrecher wie dieser Pole sie so anschaut. Sie hat nicht gedacht, daß sie noch mehr Furcht haben kann, aber jetzt spürt sie, daß es geht. Daß sie wie ein dummes Kaninchen die Schlange anstarren muß, die sie bedroht. Hilflos und ohne die kleinste Chance zu entkommen.

Auch Rex beobachtet den Mann, der auf der anderen Seite des Saales von Fenster zu Fenster läuft und unruhig hinausspäht. Er hält sich sorgfältig hinter den gerafften Gardinen in Deckung und trägt ständig seine geladene Waffe im Anschlag.

Anscheinend ist er mit dem, was er sieht, zufrieden, denn er wendet sich hämisch an das verängstigte Grüppchen Menschen.

»So, gleich werden wir einen schönen Ausflug machen«, verkündet er vielsagend.

Niemand antwortet. Nur zwei Mädchen schluchzen auf, und für ein paar Sekunden schaut Rex prüfend zu ihnen hinüber. Aber er läßt sich nicht von seinem Hauptziel ablenken. Borek trägt seine Beute, die Kinder sind im Moment noch unwichtig. Der Pole geht um den Tisch herum.

Rex nimmt seine Witterung auf. Der Mann schwitzt, er hat Angst und versucht, es nicht zu zeigen. Die steifen Flecken auf seiner Jacke riechen nach Desinfektionsmittel und Blut. Getrocknetes Menschenblut. Rex kennt den Geruch, er ist oft genug bei Doktor Graf im Gerichtsmedizinischen Institut. Dort riecht es genauso wie an vielen Tatorten, zu denen er Richard begleitet. Es ist das Parfüm des Todes, das Borek absondert.

Auf dem Tisch steht auch der Koffer, von dem Rex weiß, daß er keine Beute enthält. Der Koffer muß dort stehen bleiben! Er sieht den Boß vor sich, wie er die Hände über dem schwarzen Ding kreuzt. Natürlich, er hat verstanden, er wird darauf achten.

Der Mann setzt sich direkt daneben auf die Tischkante. Es sieht aus, als bewache er den schwarzen Lederkasten. Ein Bein ausgestreckt und eines angewinkelt, hält er die

Maschinenpistole auf dem Oberschenkel des angewinkelten Beines in schußbereiter Position. Die Beute ist größer als Stockis Pistole, aber das irritiert Rex nicht.

Es sind nur noch vier Mädchen, die eng an ihre Lehrerin gedrückt in der Ecke kauern. Sie stehen unter Schock, und ihr Schluchzen weicht langsam stummem Kummer. Sie haben begriffen, daß nicht einmal Madame, wie sie ihre Ballettlehrerin respektvoll nennen, etwas für sie tun kann. Sie ist ein Opfer wie sie selbst. Als der Mann sie grob betatscht hat, durfte sie sich nicht einmal wehren. Dabei war es ihr bestimmt unangenehm.

Mei-Su, die kleine Vietnamesin mit den Mandelaugen, rückt noch ein Stück näher an Madame. An ihren Arm geschmiegt, fühlt sie sich trotz allem geborgen. So sehr, daß sie es sogar wagt, den Blick neugierig rundum zu werfen.

Es kommt ihr vor, als sehe sie den vertrauten Ballettsaal heute mit ganz anderen Augen.

Kaum zu glauben, daß sie alle vorhin noch an der Stange geübt haben. Madames leise Kommandos klangen wie jeden Tag. Freundlich, aber unbarmherzig.

»Demi-plié, erste Position! Achtet auf eure Haltung, meine Lieben! Ausgangsposition, das ist viel zu steif, Marie! Die zweite Position ...«

Ganz präzise will sie das immer haben. Nicht zu ungeschickt und nicht zu locker, graziös eben, mit korrekt durchgedrückten Schultern. So wie es sich für eine Ballerina aus der Spitzentanzgruppe der Akademie Synek gehört. Bei der muß das Spielbein zum Battement eben ein Muster an Eleganz sein und kein steifes Gehampel.

Es ist ziemlich schweißtreibend, Madame alles recht zu machen, aber trotzdem gehört sie zu den beliebtesten Lehrerinnen der Akademie. Die Mädchen schwärmen für sie. Nicht nur weil sie aussieht, wie sie alle einmal aussehen möchten, sondern weil man bei ihr einfach am meisten lernt. Ihre Kurse sind stets ausgebucht, und zu ihren Förderschülern zu gehören, ist eine Auszeichnung.

Mei-Su erinnert sich noch genau an den Tag, an dem sie zum ersten Mal das rosarote Trikot und das Tu-Tu tragen durfte. Sie war halb krank vor lauter Aufregung gewesen, aber gleichzeitig überglücklich und stolz. In Madames Gruppe war man nicht einfach irgendeine Ballett Elevin, sondern ein Talent. Eine mögliche Ballerina. Bei Madame zu tanzen, bedeutet, einem großen Traum ein kleines Stückchen nähergekommen zu sein. Einmal als Giselle oder als Schwanenkönigin über eine große Bühne zu schweben. Oder als geschmeidige Katze durch ein Musical zu tanzen. Mei-Su weiß noch nicht, was sie später einmal lieber tun will. Madame sagt, es ist im Moment völlig egal. In jedem Fall benötigt man eine gründliche Ausbildung, viel, viel Talent und noch mehr Ausdauer.

Der Mann auf dem Tisch räuspert sich laut und reißt Mei-Su aus ihren Träumen. Sie zuckt zusammen und muß sich wohl oder übel wieder in der Wirklichkeit zurechtfinden. Die Wirklichkeit ist häßlich. In der Wirklichkeit hat sie ihr schönes Trikot längst durchgeschwitzt, und das duftige Tu-Tu ist verknittert. Ob Mama es jemals wieder richtig hinbekommt? Ein Ballettröckchen ist zum Tanzen gedacht und nicht dazu, stundenlang darin herumzusitzen. Ob sie jemals wieder den Mut haben wird, diesen Raum zu betreten? An dieser Stange zu üben? Ob sie alle wenigstens am Leben bleiben? Wenn Mei-Su daran denkt, dann schlägt ihr das Herz bis in den Hals hinauf, und sie könnte schluchzen wie Anna.

Ob sie Mama wiedersehen wird? Sie macht sich bestimmt schon Sorgen um sie. Mei-Su müßte längst zu Hause sein. Ob sie ihr böse ist? Aber sie kann doch nichts dafür, daß sie noch hier ist. Sie würde ebenso gern nach Hause gehen wie Viola, Bettina und Stefanie, die mit ihr hier auf dem Boden sitzen. Viola hat das Gesicht in Madames Schoß vergraben, ihre Schultern beben. Sie will nichts mehr sehen und nichts mehr hören.

Mei-Su schluckt trocken. Ihre Augen brennen. Der Mann mag es nicht, wenn jemand heult. Er hätte Anna fast erschossen, weil sie nicht aufgehört hat zu weinen. Mei-Su blinzelt vorsichtig gegen die Feuchtigkeit in ihren Augen an, und deswegen denkt sie auch erst einmal, daß sie sich getäuscht hat, als sich der Vorhang zwischen den beiden Ballettstangen vor dem großen Spiegel bewegt.

Aber dann wackelt er ein zweites Mal. Zugluft? Nein, dort hinten ist ja kein Fenster. Hinter dem Vorhang muß jemand stehen, sonst würde er sich nicht bewegen. Bestimmt! Aber wer? Mit Ausnahme von Nicole, Sabrina, Marie und zuvor Anna hat niemand den Ballettsaal verlassen, und es ist auch niemand hereingekommen. Den hätten sie doch gesehen – oder etwa nicht?

Mei-Sus Augen weiten sich, aber sie gibt keinen Laut

von sich, als sie erkennt, wer da hinter dem Vorhang hervorkommt. Das kann einfach nicht wahr sein! Dort steht ein Schäferhund! Ein bildschöner Schäferhund mit glänzendem Fell und den aufmerksamsten Ohren, die das Mädchen jemals bei einem Hund gesehen hat. Genau so einer, wie sie ihn sich seit Jahren wünscht und von dem Mama steif und fest behauptet, daß er einfach keinen Platz in ihrer Wohnung haben würde. Naja, so im Original und nicht auf dem Bild ist er wirklich beeindruckend groß. Nicht gerade die Sorte Hund, die man bei sich im Bett schlafen lassen kann. Es sei denn, man hätte ein Bett so groß wie ein ganzes Haus. Mei Sus Bett wäre auf jeden Fall viel zu schmal für den schönen Vierbeiner dort, sogar wenn sie ganz an die Wand rücken würde.

Wo kommt der so plötzlich her? Schäferhunde können doch nicht einfach durch Türen oder Vorhänge gehen. Sowas gibt's höchstens im Kino! Und daß er von Anfang an im Ballettsaal sein soll, ist schlicht unmöglich. Erstens haben sie schon mehr als eine halbe Stunde geübt, bis der Mann mit dem Gewehr kam, und zweitens würde das die Frau Professor nie erlauben.

Die hat neulich das reinste Burgtheater inszeniert, weil Maries Kusine ihren Hund auf dem Arm trug, als sie ihre Freundin vom Unterricht abholte. Dabei war der im Vergleich zu dem dort nicht einmal ein richtiger Hund, nur ein winziges, kläffendes Fellbündel mit schwarzen Knopfaugen. Aber sogar das muß, wenn es nach der Frau Professor geht, draußen vor dem Haus angebunden werden.

»Dies ist eine Ballett-Akademie und kein Tierheim!«

hatte sie erklärt und Marie einen strengen Verweis erteilt. Mei-Su erinnert sich so deutlich daran, weil sie sich auch schuldig gefühlt hat. Sie hat den Mini-Hund ebenfalls gestreichelt und auf dem Arm gehabt, ehe die Frau Professor ihr Donnerwetter losließ, und sie hat keine Strafe bekommen. Marie mußte alles alleine ausbaden. Mit dem ›Drachen‹, wie sie die Mädchen hinter vorgehaltener Hand nennen, ist nicht zu spaßen.

Jetzt legt der Schäferhund auch noch den Kopf ein bißchen schief und erwidert ihren Blick. Es ist, als wolle der leise »Psst!« signalisieren. Und dann noch: »Verrate mich bitte nicht!«

Mei-Su nickt vorsichtig. Hoffentlich versteht sie der Hund. Nie und nimmer würde sie dem abscheulichen Mann am Tisch sagen, was da hinter seinem Rücken passiert. Es geht ihn nichts an.

Aber Madame soll es wissen. Madame weiß vielleicht auch, was die Anwesenheit dieses Hundes bedeutet. Vorsichtig zupft Mei-Su am Ärmel ihrer Lehrerin. Ganz unmerklich, damit der Gangster mit dem Gewehr nichts davon merkt. Sie sind jetzt alle Verbündete gegen den Mann dort. Sie, Madame und natürlich der Vierbeiner hinter dem Vorhang, der ihn nicht aus den Augen läßt. Ihre junge Lehrerin spürt die Nachricht, und sie folgt Mei-Sus Blickrichtung. Glücklicherweise merken nur ihre Schülerinnen, daß sie erstarrt, als sie Rex erblickt.

Sie ahnt eher als Mei-Su, was das bedeuten könnte, wenngleich sie auch nicht begreift, wo dieser Hund aufeinmal hergekommen ist.

Lautlos formt sie ein »Schscht!« mit den Lippen, während sie den Geiselnehmer besorgt beobachtet. Hat er etwas gemerkt? Nein, er schaut zur Tür und zum Fenster, nicht zur Seite. Wenn, dann erwartet er von dort Gefahr und nicht aus der Richtung seiner Opfer.

Mei-Su muß immer wieder zu dem Hund schauen. Er hat sein Versteck verlassen und ist nach vorne unter den ersten Stuhl gekrochen. Geduckt, ganz flach und reglos kauert er auf dem Boden. Ein Teppich. Ein Plüschtier. Mei-Su fühlt trotzdem, daß er lebt, daß er auf seine Chance lauert.

Sie weiß nicht, was er tun will, aber sie hält ihm fest die Daumen, daß es gelingt.

Rex hat sich nach der kleinen Ablenkung durch das Mädchen wieder voll auf seine Aufgabe besonnen. Von dieser Seite droht keine Gefahr. Aber er weiß, wenn das Spiel erfolgreich sein soll, darf ihn der Mann nicht vorher sehen.

Nur so kann er die Beute an sich bringen. Eine Beute, die der andere nicht freiwillig hergeben wird, das spürt er deutlich.

Der Mensch dort ist gereizt, er steht unter Streß, ist unberechenbar. Das muß er beim Sprung berücksichtigen.

Er muß auf den richtigen Moment waren. Auf eine kleine Ablenkung vielleicht.

Ein Phantom taucht auf

12

Rex kann nicht ahnen, daß sein Herrchen mindestens so nervös wie Jerszy Borek ist. Die freigelassenen Mädchen haben übereinstimmend das Gleiche berichtet: Der Geiselnehmer wird zunehmend unruhiger. Mal schreit er seine Opfer an, dann flüstert er wieder nur.

Aber nie läßt er die gefährliche Waffe aus den Händen. Es scheint ihm Vergnügen zu machen, sie zu quälen.

Hinzu kommt, daß der Leiter des Sondereinsatzkommandos energisch auf eine baldige Entscheidung drängt. Der Oberst hat seinen Ohren nicht getraut, als er von der Aktion mit dem Hund erfahren hat. Er hält es für absoluten Wahnsinn, sich auf einen Hund zu verlassen, auch wenn es ein ausgebildeter Polizeihund ist. Er will seine Männer in Bewegung setzten und den Ballettsaal stürmen. Jetzt, nachdem sich die Zahl der möglichen Opfer halbiert hat, glaubt er, daß es möglich sein wird, Borek zu überwältigen, ohne daß es weitere Tote gibt.

Richard hält das für ausgemachten Wahnsinn. Er will verhindern, daß noch einmal Blut fließt. Freilich, lange wird er Oberst Steinhauer nicht mehr hinhalten können, das ist ihm klar. Im Notfall wird der eine militärische Entscheidung erzwingen, die höhere Stellen treffen, so daß die Mordkommission nichts mehr zu sagen hat. Er ist ohnehin nicht besonders angetan von den unkonventionellen Methoden des jungen Kommissars. Wer versucht schon, einen gefährlichen Geiselnehmer durch einen Hund unschädlich zu machen? Nur ein Verrückter!

Richard hat sich wieder in den anderen Saal nebenan zurückgezogen. Nervös geht er auf und ab, während Stockinger und Max Koch ihm schweigend dabei zusehen. Seit dem heftigen Telefongespräch mit dem Oberst ist kein Wort zwischen ihnen gefallen. Jeder hängt seinen eigenen, beunruhigenden Gedanken nach. Was zum Kuckkuck ist nebenan eigentlich los, denkt Richard. Worauf wartet Rex? Warum dauert das alles so lange? Oder hat Borek ihn längst entdeckt? Der Kommissar hält die Spannung nicht mehr aus. So kann es nicht weitergehen. Er greift nach dem Telefon. Boreks Nummer kann er längst auswendig.

Der Geiselnehmer reißt beim ersten Klingeln den Hörer vom Telefon. Er hat diesen Anruf erwartet, er will schließlich seine neuen, wichtigen Forderungen stellen. Er ist auf Mosers Forderungen eingegangen, aber noch sind die Lehrerin und die letzten vier Mädchen in seiner Gewalt. Jetzt ist die Polizei wieder am Zug.

Dort hinten sitzen fünf lebendige Trumpfkarten, die er ausspielen kann. Ein Solo für sich und Marek. Sein Freund wird wieder gesund werden. Marek ist zäh, der steckt einiges weg. Niemand wird sie aufhalten können. Die Kombination aus Plutonium und unschuldigen Kindern zwingt jeden Bullen in die Knie.

»Ja?« schreit er ungeduldig in den Apparat, während

er mit der anderen Hand weiterhin das Gewehr im Anschlag behält.

Rex macht eine Bewegung, bricht aber sofort wieder ab, als der Pole über die Schulter in den Saal schaut. Reglos verharrt er unter dem Stuhl. Er ist relativ ungedeckt in diesem Moment. Aber der Verbrecher kommt gar nicht auf die Idee, zur Ballettstange hinüberzusehen.

Wieso sollte dort auch jemand sein? Er hat nur die Mädchen und die Frau kontrolliert, aber niemand von ihnen wagt auch nur aufzustehen. Sie ducken sich, wenn er sie nur ins Auge faßt. Er hat sie im Griff – alle.

Er wendet seine Aufmerksamkeit wieder dem Telefon zu. Jetzt wird er diesem Moser sagen, was er tun muß. Verdammt, er darf nicht vergessen, auch einen Arzt für Marek zu verlangen. Er sah ziemlich krank aus, dort unten im Wagen. Für eine Sekunde konzentriert er sich nur auf seine Pläne. Es darf keine Mißverständnisse mehr geben.

Rex spürt es und nimmt schleunigst seine Chance wahr.

Er schießt aus seiner Deckung heraus. Ein athletischer, lautloser, bedrohlicher Schatten.

In wenigen Sekundenbruchteilen passieren so viele Dinge gleichzeitig, daß die kleinen Geiseln im Hintergrund kaum unterscheiden können, was sich davon zuerst und zuletzt ereignet.

Mit einem dumpfen Bellen, das mehr einem bösen Knurren gleicht, federt Rex unter dem Stuhl hervor und springt Borek an. Während er sich mit scharfen Zähnen in seinen Waffenarm verbeißt, zieht er ihn gleichzeitig mit vollen Kräften nach vorne, vom Tisch weg. Außer Reichweite des Koffers, dem nichts passieren darf.

Jerszy Borek heult auf und läßt den Telefonhörer fallen. Er begreift gar nicht, was so unvermittelt mit ihm passiert. Er hat doch niemand gesehen. Scharfer Schmerz schießt seinen Arm hinauf und lähmt die Nerven. Seine Finger öffnen sich ohne sein Zutun, und die Maschinenpistole fällt zu Boden.

Scheppernd trifft sie auf das Parkett und rutscht trudelnd davon.

Im selben Augenblick brechen die maskierten Männer des Einsatzkommandos die Saaltür auf und stürmen mit gezückten Waffen herein. Ein Trupp kriegsmäßig gekleideter Maskierter schlittert in Stiefeln über das Parkett des Saales und verteilt sich blitzartig. Von allen Seiten richten sich bedrohlich blinkende Waffen auf den Mann und den Hund.

Kommandos hallen durch den Raum. Mei-Su versteckt sich ängstlich hinter Madames schmalem Rücken. Ihre Angst, die beim Anblick des Hundes wie durch ein Wunder verschwunden ist, kommt mit Macht zurück. Was wollen die Soldaten hier? Werden sie jetzt alle erschossen?

Doch Rex hat seine Arbeit längst getan. Mit der ganzen Wucht seiner 38 Kilo hat er Borek zu Fall gebracht, ehe dieser überhaupt gemerkt hat, wer der Angreifer ist, der ihn attackiert. Der so plötzlich aufgetauchte Schäferhund ist für den Polen das Phantom aus einem Alptraum. Mit seinen imponierenden Fängen, den bedrohlich angelegten Ohren und den funkelnden Augen sieht er wie ein gefährlicher Wolf aus, der kein Erbarmen mit seinem Opfer kennt.

Das Schreckgespenst läßt erst locker, als Richard Moser hereinstürzt und Borek die Waffe in den Nacken setzt. Mit einem vielfach geübten Griff dreht er den wehrlosen Mann auf den Bauch und zieht seine Arme nach hinten. Borek stöhnt hilflos, während der Kommissar nach den Handschellen in seinem Gürtel greift.

Mit einem metallischen Geräusch rasten die Stahlklammern erneut um die Handgelenke des Polen. Seine Freiheit hat keine vierundzwanzig Stunden gedauert.

»Na, Borek«, sagt der Kommissar eher beiläufig. »So sieht man sich wieder!«

In diesem Moment ist er nur erleichtert, daß die Katastrophe abgewendet wurde. Er hat nicht einmal mehr die Energie, Borek seine Verachtung spüren zu lassen. Seinen Wunsch nach Vergeltung. Aber die Rache ist ohnehin nicht seine Aufgabe. Der Richter wird entscheiden müssen, was mit diesem Mann geschehen soll. Er wird hoffentlich ein gerechtes Urteil über einen vielfachen Mörder sprechen.

Rex winselt zufrieden. Er sitzt neben dem Tisch und wartet geduldig darauf, daß er für seine Heldentat gelobt wird. Erst einmal findet jedoch niemand eine freie Minute dafür. Also bewacht er zur Sicherheit den schwarzen Koffer, der nicht bewegt werden darf.

Die Beamten des Strahlenschutzes eilen herein. In ihren weißen Schutzanzügen und den futuristischen Helmen sehen sie aus wie eben gelandete Astronauten. Der erste Mann packt den Koffer mit dem hochgefährlichen

Plutonium und versenkt ihn sofort in eine Spezialtransport-Box, die auf einem Rollwagen steht. Der isolierte dicke Kasten schließt sich über der todbringenden Fracht.

Es ist so schnell gegangen, daß nicht einmal Rex sich entscheiden konnte, ob er den Kasten auch weiterhin verteidigen muß oder nicht. Er schaut fragend zu Richard, aber der scheint nichts dagegen zu haben, daß die Männer den Koffer an sich nehmen.

Also gut, dann nehmt das Ding nur mit.

Das gelbschwarze Atom-Symbol auf dem Deckel warnt vor dem gefährlichen Inhalt der Transport-Box. Zwei andere Männer rollen das Behältnis aus dem Raum. Sie müssen nicht lange bitten, daß man ihnen Platz macht. Alle gehen schon von alleine aus dem Weg, und in den meisten Gesichtern steht unverkennbare Erleichterung.

Richard Moser richtet sich auf und steckt seine Waffe wieder fort. Unwillkürlich wischt er sich die Hände an seiner Jacke ab. Es kommt ihm so vor, als habe er sich an Borek schmutzig gemacht. Soviel kriminelle Energie und tödliche Rücksichtslosigkeit können doch nicht spurlos an einem abgleiten.

Die Männer der Spezialtruppe stellen den Festgenommenen reichlich unsanft wieder auf die Füße und führen ihn ab. Erst als Höllerer und Stockinger eintreffen, atmet Richard zum ersten Mal wieder tief durch. Noch kann er es selbst nicht ganz fassen, daß tatsächlich alles vorbei sein soll. Daß alle in Sicherheit sind und dieses gräßliche Plutonium-Zeug endlich in den Händen von Fachleuten ist, wo es keinen Schaden mehr anrichten kann.

»Kümmert euch um die Kinder«, weist er seine Kollegen an und deutet in den Hintergrund, wo die kleinen Tänzerinnen sich eben zaghaft aufrichten.

»So, wir gehen jetzt alle langsam raus«, sagt Ernst Stockinger und versucht ein Lächeln, das den Ballettschülerinnen zusätzlich versichert, daß ihnen niemand mehr etwas Böses will.

»Alles in Ordnung, is' ja nix passiert ...«, tröstet auch Höllerer ein kleines Mädchen, das aus riesigen, tränenfeuchten Augen zu ihm aufsieht, als könne es immer noch nicht begreifen, woher der gutmütige Dicke gekommen ist, der sie anlächelt.

»Ist ja alles gut«, hört ihn Richard beruhigend sagen. »Ihr braucht nicht mehr zu weinen. Ihr wart ja wirklich tapfer. Eure Eltern warten schon auf euch. Wir brauchen nur die Treppe hinunterzugehen ...«

Die junge Ballettlehrerin hat nicht mehr die Kraft, selbst aufzustehen. Erst jetzt, als alles vorbei ist, läßt ihre eiserne Selbstbeherrschung sie im Stich. Das war alles viel zu viel für sie. Tränen stürzen aus ihren Augen, und auf den Knien kauernd beginnt sie zu schluchzen und schlägt die Hände vor das Gesicht.

Ein bißchen unbeholfen versucht der Kommissar sie zu trösten. Sie ist so hübsch, daß er leicht verlegen nach Worten sucht. Wie würde sie erst aussehen, wenn sie lacht, statt zu weinen? Seit seine geschiedene Frau ihn mitsamt allen Möbeln damals verlassen hat, hat es keine schluchzende Frau mehr in seinem Leben gegeben.

Er hat auch wahrhaftig keine Sehnsucht nach einem weinenden weiblichen Wesen, das seinen Alltag durcheinander bringt. Rex ist da der bessere Partner. Der spielt zwar zu den unmöglichsten Tageszeiten Ball, aber er heult wenigstens nicht. Trotzdem versucht er sein möglichstes, die junge Lehrerin zu beruhigen.

»Ist ja gut, ist alles vorbei . . .«, murmelt er und tätschelt ihr die Schulter, als wäre sie so eine Art weiblicher Rex. Mit seiner Unterstützung kommt sie auch endlich auf die Beine. Glücklicherweise taucht Stocki wieder auf, und er kann sie ihm anvertrauen. Vorsichtig führt er die Dame hinaus. Ganz korrekt, wie sich das gehört. Auf Stockinger kann man sich eben verlassen.

Leises Bellen im Hintergrund macht ihn darauf aufmerksam, daß es da noch jemanden gibt, der auf ihn wartet. Der ein Wörtchen mit ihm reden beziehungsweise bellen möchte. Jemand, der sich in den vergangenen Minuten ein dickes Dankeschön verdient hat. Den Dank von ganz Wien und Umgebung, obwohl nie jemand davon erfahren wird, wie beängstigend nahe sie alle an einer Katastrophe vorbeigeschliddert sind. Alles ist gut ausgegangen, und die Sicherheitskräfte werden sich hüten, Genaueres über diesen gefährlichen Einsatz an die Presse zu geben. Das Geiseldrama ist auch ohne den tödlichen Inhalt des Koffers spektakulär genug.

Rex wartet geduldig auf sein Herrchen. Er fiept und brummelt; es sind eher leise, gemütliche Geräusche. So als wolle er sagen: Na, wie war ich? Alles in Ordnung? Bist du zufrieden mit mir? Habe ich meine Sache gut gemacht? Warum kommst du nicht?

Richard Moser hat einen ganz eigenartigen Zug um den Mund, als er neben Rex in die Knie geht. Er umarmt seinen vierbeinigen Freund und zaust ihm liebevoll das Fell. Er krault ihm die Ohren und legt sein Gesicht an den schlanken, schönen Hundekopf. Rex hechelt freundlich und fährt seine unvermeidliche Zunge aus, um diese Zuneigung gebührend zu erwidern.

Es sind tausendmal wiederholte Gesten, aber diesmal macht Richard jede in dem Gefühl, daß er bereits gedacht hat, daß es mit ihnen beiden zu Ende wäre. Daß er nie wieder dieses dichte, weiche Fell unter seinen Fingern und dieses schrecklich feuchte rosa Ding von Zunge in seinem Gesicht spüren würde. Keinen Rex, keine Hundeküsse, keinen treuen Freund, der ihn morgens weckt, indem er ein nervtötendes Match mit der Regentonne spielt. Eigentlich nicht einmal mehr einen Morgen, an dem es sich überhaupt lohnt, in einem verseuchten Wien aufzustehen.

»Weißt du, daß ich eine Scheißangst um dich gehabt hab'?« fragt er Rex mit rauher Stimme. In seinen knappen Worten schwingt noch viel mehr mit. Die überstandene Angst, die grenzenlose Erleichterung, die Zuneigung, die er so schwer in Worte fassen kann. Die Bewunderung für das Kunststück, das Rex vollbracht hat.

Rex antwortet mit einer weiteren sanften Tonfolge seiner Hundesprache. Es gefällt ihm, geliebt zu werden. Das ist noch schöner, als mit Stocki zu spielen. Das ist überhaupt das Schönste für ihn, von Richie geliebt zu werden. Da könnte man sich glatt auf den Rücken legen und vor Begeisterung mit allen vier Beinen strampeln.

Max Koch beobachtet die Szene von der Tür aus. Sie sind schon ein bemerkenswertes Team, der Richard und sein Hund. Ein Paar, das der Wiener Polizei alle Ehre macht und das sicher noch viele Fälle erfolgreich lösen wird. Aber doch hoffentlich nicht so aufregend und mörderisch knapp wie heute.

Der alte Herr spürt, daß er ganz schön mit seinen Nerven fertig ist. Daß er dringend einen großen Braunen in seinem Stammcafé braucht. Ausnahmsweise vielleicht auch zusammen mit einem doppelten Gläschen kühlem Obstler, zur Nervenberuhigung. Nach einer ruhigen Partie Billard und einem zweiten Obstler wird er sich dann vielleicht irgendwann wieder besser fühlen.

Die vergangenen Stunden sind ihm an die Nieren gegangen. Er ist schließlich schon ein pensionierter Kriminalkommissar, und das, was er um die beiden dort gehabt hat, ist genau dasselbe, was Richie eben so drastisch in Worte gefaßt hat: Eine Scheißangst hat er um Richie und Rex gehabt.

»Genau das wollte ich euch beiden auch sagen!« erklärt er deswegen mit seltsam belegter Stimme. Dann setzt er seinen Hut auf, rückt die Brille zurecht, sagt leise »Servus!« und geht.

Die Arbeit ist getan. Eigentlich ist das wirklich ein schöner Tag. Geradezu ein perfekter Tag – das findet Rex auch!

Na, Richie? Was ist, geh'n wir jetzt eine Wurstsemmel kaufen? Ich hab' Hunger!

Eine Wurstsemmel zuviel ...

13

»Wirst sehen, es gibt Ärger wegen dem Rex!« prophezeit Ernst Stockinger und schaut vielsagend zu Richards Freund hinüber. So ganz hat er die Schrecken noch nicht überstanden, die ihm beim Training mit dem Schäferhund zugemutet worden sind.

Rex liegt auf seiner Decke hinter dem leeren Schreibtisch und wartet wie die beiden Menschen darauf, daß Richard endlich wiederkommt. Nach der Abschlußbesprechung über den Einsatz in der Ballettschule ist er noch zum Gespräch unter vier Augen zum Polizeipräsidenten gebeten worden. Ein Termin, der Stockinger Anlaß zum Grübeln gibt.

»Warum das?« Peter Höllerer sieht von seinem Bericht auf, den er gerade in den Computer tippt. »Wer weiß, wie die ganze G'schicht ohne den Rex ausgegangen wäre? Vermutlich kriegt der Richard ein Lob für ihn.«

Das kann Stocki nun wirklich nicht glauben. Ein Lob für so eine riskante Entscheidung?

»Hast du schon vergessen, was dieser Oberst vom Sondereinsatzkommando gesagt hat?« erinnert er seinen Kollegen. »Getobt hat er.«

»Geh', wer hört denn auf einen Säbelrassler«, winkt Höllerer ab. »Der war nur ang'fressen, weil wir, beziehungsweise der Rex, seine Arbeit gemacht haben.«

»Vielleicht kriegt der Richard eine Abmahnung, daß er den Hund für solche Sachen nicht mehr einsetzen darf«, bleibt Stocki bei seinen rabenschwarzen Vermutungen. »Es hätt' ja auch schiefgehen können ...«

»Ist es aber nicht ...«, brummt Höllerer gutmütig. »Und wennst meinst, daß er deswegen den Rex daheim läßt, dann bist du auf dem Holzweg. Du weißt doch, daß die zwei keinen Schritt ohne einander machen. Schau ihn dir doch an, er ist schon sauer, weil er seit einer Stunde auf ihn warten muß. Mir kann keiner mehr weismachen, daß ein Hund nicht merkt, wie lange sein Freund weg ist. Der Rex merkt es.«

Es stimmt.

Rex hat die Schnauze auf die Vorderpfoten gelegt und schaut unverwandt auf die geschlossene Bürotür. Er schenkt weder seinen Spieltieren noch dem Kauknochen Beachtung.

»Er kommt ja gleich wieder, Rex!« muntert Höllerer den einsamen Vierbeiner auf. »Dem reißt nicht einmal unser Chef den Kopf ab. Der weiß schließlich, was er an dem Richard hat!«

Rex jault leise, und Stockinger seufzt abgrundtief. So ungern er das zugibt, aber Höllerer hat recht. Man kann die beiden nicht mehr auseinanderreißen, den Rex und den Richard. Sie gehören einfach zusammen, das wird auch der Polizeipräsident einsehen müssen.

Schade, für ein paar Sekunden hat er sich vorgestellt, es wäre wieder wie früher. In den Zeiten vor Rex. Als er noch morgens ins Büro kommen konnte, ohne von einer wilden Bestie angefallen zu werden. Als er noch seine

Schuhe ausziehen konnte, ohne sie anschließend in allen Papierkörben suchen zu müssen.

Obwohl ihm gegenwärtig offenkundig keine Gefahr droht. Rex ist sogar zu betrübt, um Dummheiten zu machen. Er interessiert sich für nichts. Vorsichtig schiebt Stocki seinen rechten Schuh über die Ferse und streift ihn ab. Aaah, eine Erleichterung. Kann's das geben, daß ein rechter Fuß länger ist als der linke? Wieso plagt ihn nur die eine Seite? Ob er sich mal Schuhe in zwei verschiedenen Größen kaufen soll?

Ein deutlicher Ruck geht durch Rex. Stocki sieht die Bewegung aus den Augenwinkeln und bringt sofort seinen Schuh in Sicherheit, aber es ist blinder Alarm. Rex hat Richard gehört. Er läuft ihm entgegen, als hätte er ihn vor einem halben Jahr auf einer Nordpol-Expedition verloren und seitdem verzweifelt gesucht.

»Geh', hör auf, du verrückter Kerl!« wehrt Richard grinsend seine Begeisterung ab. Sogar er muß dagegen halten, wenn Rex ständig an ihm hochspringt. »Stocki, hast du noch eine Wurstsemmel für ihn, damit er Ruhe gibt?«

»Ich hab nur noch eine und die wollt ich eigentlich selber ...« Ernst Stockinger bricht gekränkt mitten im Satz ab. Wer interessiert sich in diesem Büro schon dafür, was ER will?

Er macht die Schublade auf und greift nach der Tüte, aber da ist nichts mehr. Er schaut genauer hin, macht weiter auf und sieht nur die großen Aktenkuverts da liegen. Seine Wurstsemmel ist weg!

»Das ist zuviel!« Mit hochrotem Gesicht schießt Stocki

wie eine Rakete nach oben. »Das ist echt zuviel, Richard! Jetzt war der schon wieder an meinem Schreibtisch! Das geht zu weit! Das war eine Wurstsemmel zuviel, die er gestohlen hat. Es tut mir leid, aber ich werde meine Versetzung in ein anderes Büro beantragen . . .«

Rex bringt sich vorsichtshalber hinter seinem Herrn in Sicherheit. Mit feinem Instinkt spürt er, daß Stocki mehr als nur wütend ist. Wegen dieser einen kleinen, nicht mal sehr dick belegten Wurstsemmel, die er sich geholt hat, als der erste Kriminalassistent mal kurz draußen war? Ist das nicht gewaltig übertrieben?

»Reg' dich ab, Stocki«, versucht der Kommissar die Wogen zu glätten.

»Ich rege mich nicht ab, ich beantrage meine Versetzung! Ich hab's satt, mich von einem Hund tyrannisieren zu lassen.«

»Bist verrückt?« wundert sich nun auch Höllerer. »Du kannst doch nicht einfach gehen?«

»Ich kann, und ich werde!« droht Ernst Stockinger erbost. Er steht auf und schiebt energisch seinen Stuhl zurück. Er wird jetzt zum Polizeipräsidenten gehen und ihm mitteilen, daß . . . Aber natürlich nicht ohne seinen rechten Schuh.

Unter den verdatterten Blicken von Richard, Rex und Peter Höllerer will er gerade in die Knie gehen und seinen Schuh überziehen, als es zaghaft klopft.

Ehe jemand »Herein!« sagen kann, öffnet sich die Tür, und die hübsche Tanzlehrerin aus der Ballettschule steckt vorsichtig den Kopf herein.

»Dürfen wir Sie kurz stören?«

Zwei Tage nach dem Drama in der Akademie sieht sie zwar noch ein bißchen blaß aus, aber sie kann wieder lächeln. Auch die vier Mädchen in ihrer Begleitung haben das schlimme Abenteuer ohne Schaden überstanden. Das ist eine richtige Abordnung, die da in der Mordkommission aufkreuzt und sich suchend umschaut. In erster Linie allerdings nach Rex und nicht nach den Menschen.

Rex erkennt Anna auch in Jeans und Blümchenblouson. Im Nu gibt er seine Deckung hinter Richard auf und begrüßt sie stürmisch. Anna hat im Gegensatz zu den anderen keine Scheu, ihn zu umarmen. Erst als Mei-Su, Marie und Nicole sicher sind, daß er so friedlich ist, wie Anna das behauptet hat, beginnen sie auch, ihn zu streicheln. Gutmütig läßt er sich von den vielen Händen tätscheln und verteilt seine feuchten Hundeküsse auf alle Mädchengesichter, die nicht rechtzeitig genug aus dem Weg gehen.

Stocki ist es peinlich, ohne Schuh erwischt zu werden. Er nimmt wieder hinter seinem Schreibtisch Platz, während Richard sich auf seine Höflichkeit besinnt und der schönen Besucherin einen Stuhl anbietet.

»Ich glaube, ich hab' mich gar nicht richtig bei Ihnen allen bedankt«, sagt sie und schenkt auch Stocki ein Lächeln, das ihn seinen Schuh schlagartig wieder vergessen läßt.

»Da gibt's nichts zu bedanken«, entgegnet Richard eher verlegen und deutet auf Rex. »Die meiste Arbeit hat er gemacht.«

»Er ist ein echter Held!« bestätigt auch Mei-Su, die gar nicht mehr weiß, wie oft sie die Geschichte von Rex hinter dem Vorhang schon erzählt hat. Sogar ein Journalist hat sie gehört und in der Zeitung abgedruckt.

»Wir haben dir etwas mitgebracht, Rex!« verkündet Anna und streift den bunten Rucksack ab, den sie über ihrer Jacke trägt.

Er scheint ziemlich schwer zu sein, und nicht nur Rex sieht ihr neugierig dabei zu, wie sie die Schnallen öffnet. Der Hund sogar noch ein bißchen ungeduldiger, denn er riecht mal wieder etwas, das die Menschen noch gar nicht wahrnehmen können.

»Das ist für dich, Rex!« sagt Mei-Su und hilft Anna, dem Rex seinen Siegerkranz über den Kopf zu streifen. Eigentlich ist es mehr eine Kette als ein Kranz. Ein wohlduftender, höchst verführerischer Schmuck für einen wie Rex! Ein schweres Halsband, das von einem Ende bis zum anderen nur aus zusammengebundenen, dicken, himmlisch riechenden Würsten besteht. Ein Geschenk, geradewegs wie aus dem Schaufenster seines Lieblingsgeschäftes. Geradezu eine Schlaraffenland-Belohnung.

»Du lieber Gott!« lacht Richard, und Peter Höllerer bleibt der Mund offen stehen. Ob vor Verblüffung oder vor Neid kann man schlecht feststellen.

»Er wird sich den Magen verderben«, sagt Stocki immer noch ein bißchen böse, obwohl auch er über das Bild lachen muß, das Rex mit diesem Wurstkranz bietet.

Rex ist eifrig dabei, irgendwo einen Punkt zu finden, wo er hineinbeißen kann. Daß er es noch nicht getan hat, liegt nur daran, daß er sich nicht für eine bestimmte Stelle entscheiden kann. Eine riecht so gut wie die andere. Die Wahl fällt zu schwer.

»Die Mädchen aus meinem Kurs haben alle ihr Taschengeld zusammengelegt, damit Rex diesen Kranz bekommt«, erklärt die Tanzlehrerin dem Kommissar und seinen Männern. »Sie wollten nicht mal zulassen, daß ich meinen Teil davon bezahle. Es ist ihr ganz besonderer Dank an Rex!«

»Also, das ist schon wirklich etwas Besonderes«, grinst Richard und lächelt seine Besucherinnen an. »Das habt ihr toll gemacht, nicht wahr Rex?«

Sein vierbeiniger Partner jault fröhlich und ist sich seiner Wichtigkeit voll bewußt. Obwohl seine Nase ununterbrochen begeistert schnuppert, hält er sich mit seiner Mahlzeit noch zurück. Zumindest solange, bis seine Fans nach vielen Streicheleinheiten und noch mehr Dankeschöns wieder gegangen sind. Dann läuft er zu seinem Herrn und setzt sich auffordernd vor ihn.

Richard nimmt ihm die kiloschwere Kette ab, und Rex jault protestierend.

Die gehört mir, jetzt steigt ein Festessen!

»Na gut, eine Wurst kriegst du!« läßt sich Richard erweichen und zückt sein Taschenmesser.

Rex jault unverdrossen weiter.

So herzerweichend, daß eine zweite Wurst abgeschnitten wird.

»Das muß reichen, sonst verdirbst du dir wirklich den Magen!« warnt sein Boß eindringlich.

Rex prustet verächtlich; er weiß schließlich, was sich gehört. Er nimmt die zweite Wurst ganz vorsichtig in den Fang. So sanft, daß nicht einmal die Haut kaputt geht. Dann tappt er zu Stocki und umrundet seinen Schreibtisch. Er setzt sich neben seinen Stuhl und fiept leise, aber eindringlich.

»Was willst du?« widerwillig legt Stocki den Stift ab und schaut Rex an.

Der große Schäferhund legt erst den Kopf schief und dann die Wurst mitten auf Stockis Bericht.

Da, das ist für dich! Schenk ich dir!

»Geh', was soll ich mit der Wurst?«

Na, essen, Stocki!

»Rex entschuldigt sich für die Wurstsemmel, Stocki!« erklärt Richard das Offensichtliche. »Das war Mundraub, das wird doch eh' nicht bestraft. Komm, hört auf zu granteln. Das mit der Versetzung ist nicht dein Ernst gewesen. Das kannst du uns nicht antun, und der Rex will sich bessern, das siehst du doch selbst!«

Ernst Stockinger versucht Rex zu ignorieren, aber das ist unmöglich.

Jetzt legt er ihm auch noch die Pfote auf den Oberschenkel und grummelt leise.

»Er will, daß du die Wurst ißt, Stocki!« Richard und Höllerer wechseln einen grinsenden Blick.

»Iiich? Eine Wurst, die der im Maul g'habt hat? Soll ich mir den Tod holen? Den Hundebandwurm, die Pest, die Malaria?«

Langsam sind sie in diesem Büro wirklich alle übergeschnappt, findet Stocki und windet sich förmlich unter all den auffordernden Blicken.

»Keine Bange. Rex ist regelmäßig geimpft und tip-top gesund!« erklärt Richard. »Schließlich haben wir eine Tierärztin unter unseren Freunden. Außerdem brauchst doch nur die Haut abzuziehen. Da, ich leih' dir mein Taschenmesser ...«

Ernst Stockinger zögert, aber Rex nimmt weder seine Pfote zurück, noch macht er Anstalten, seinen Platz neben ihm zu räumen. Die dunkelbraunen Hundeaugen folgen jeder Bewegung, während er der Wurst die Haut abzieht, sie auf den Unterteller seiner Kaffeetasse legt und sparsam in dünne Scheiben schneidet. Mit Todesverachtung schiebt er die kleinste davon in den Mund. Eine, die ganz weit von der Stelle weg ist, wo Rex' Zähne waren. Dann kaut er darauf herum, als sei es frische Sägespäne.

Rex bellt erleichtert.

Na also, Stocki! Sind wir jetzt wieder Freunde?

»Ich muß verrückt sein«, murmelt Ernst Stockinger mit vollem Mund.

»Na und?« grinst Peter Höllerer. »Normale Polizisten gibt's in Wien jede Menge.«

»Geh, Stocki! Jetzt hör auf zu schmollen«. Richard schickt Rex mit einer Kopfbewegung auf seine Decke und nimmt sich eines von den akkurat geschnittenen Wurstscheiben. »Du gehörst doch zu uns. Wir brauchen dich! Du kannst dich unmöglich versetzen lassen! Ausgerechnet jetzt!«

»Ach ja?« Stocki hat den Mund wieder frei und wirft Richard einen mißtrauischen Blick zu. Aber das »Wir brauchen dich!« hat ihm gut getan. Das wollte er schon lange einmal hören. »Wieso ausgerechnet jetzt?«

»Hm, schmeckt prima!« Richard nimmt sich noch eine Wurstscheibe.

»Hat das ›ausgerechnet jetzt‹ mit deinem Gespräch beim Polizeipräsidenten zu tun?« schließt Stocki messerscharf und schiebt den Wurstteller ein bißchen außer Sichtweite. Rex hat endlich seine Pfote wieder fortgenommen und ist unter den Schreibtisch getaucht.

»Hat es. Unser verehrter Chef findet, daß das Büro Moser im Fall Borek hervorragende Arbeit geleistet hat«, gibt Richard das Lob seines Vorgesetzten weiter. »Und zum Büro Moser gehören nun einmal Stockinger, Höllerer und Moser ...«

Unter dem Schreibtisch rappelt es leise, weil Rex gerade klammheimlich Stockis Schuh in den Papierkorb wirft und die leere Wurstsemmeltüte drüberzieht. Dann schlendert er endlich zu seiner Decke, wo im Futternapf diese wunderbar duftende, herrliche, dicke, wohlverdiente Wurst auf ihn wartet.

Stocki schnaubt wie ein Nilpferd und verdreht einmal mehr die Augen.

»Und der Rex, den habt ihr vergessen ...«, fügt er schicksalsergeben hinzu. »Rex gehört auch zum Büro Moser.«

ENDE

Band 13 808

Rainer Bernfeld

Kommissar REX

Der maskierte Tod

Deutsche Erstveröffentlichung

Rex ist glücklich. Herrchen Moser sucht eine neue Hütte, möglichst am Stadtrand, möglichst mit Garten, möglichst mit viel ›Umgebung‹.
Während sie die maskierte Mörderin aus dem Kosmetiksalon jagten, fanden sie das Haus ihrer Träume – perfekt für Herr und Hund. Rex war stolz auf sich, leistete er doch einen entscheidenden Beitrag, den Vermieter wohlwollend zu stimmen.
Aber der Mietvertrag war noch nicht einmal unterschrieben, da tauchten düstere Wolken am Horizont auf. Ausgerechnet eine Tierärztin drängte sich in die traute Herrchen-Hund-Beziehung. Rex konnte und wollte sich nicht damit abfinden, für Herrchen Moser jetzt nur noch die zweite Geige zu spielen. Deshalb griff er zu Gegenmaßnahmen ...

BASTEI LÜBBE

Sie erhalten diesen Band im Buchhandel, bei Ihrem Zeitschriftenhändler sowie im Bahnhofsbuchhandel.

Band 13 861
Susanne Scheibler
Kurklinik Rosenau
Noch einmal neu beginnen
Deutsche Erstveröffentlichung

Für fast alle wird es einen neuen Anfang geben – für die Klinik selbst, die nicht genug Geld abwirft; für Dr. Klaus Tannert, der plötzlich ›Vater‹ zweier Kinder wird; für den Chef, Professor Bernhardt, der als Kräuter-Guru umstritten ist – und nicht zuletzt für Gabi Warburg, die zurück in die Heimat kommt.

SUSANNE SCHEIBLER hat die vierzehn Filme der erfolgreichen SAT.1-Serie zu einem mitreißenden Buch zusammengefaßt, das einen intensiven Einblick vor und hinter die Kulissen der Kurklinik Rosenau gibt.

BASTEI LÜBBE

Sie erhalten diesen Band im Buchhandel, bei Ihrem Zeitschriftenhändler sowie im Bahnhofsbuchhandel.

Band 13 805

Elfie Ligensa

Mein Eid – mein Schicksal

Deutsche Erstveröffentlichung

Im zweiten Band zur erfolgreichen RTL-Arztserie schildert ELFIE LIGENSA einfühlsam und fesselnd Leben und Wirken Dr. Franks. Sein Engagement für die Menschen, die sich ihm anvertrauen, reicht weit über seine Pflicht als Arzt hinaus – bringt es ihn auch in manch schwierige Lage.
Dr. Stefan Frank freut sich mit seinem Vater über dessen spätes Glück. Er trauert mit seiner Sprechstundenhilfe, die den Verlust ihres Kindes nicht verwinden kann. Er hofft und bangt mit den Patienten, deren Gesundheit in Gefahr ist. Besonders großen Einsatz zeigt er, als er hilft, seinem besten Freund, Dr. Ulrich Waldner, in einer dramatischen Operation das Leben zu retten. . .

BASTEI LÜBBE

Sie erhalten diesen Band im Buchhandel, bei Ihrem Zeitschriftenhändler sowie im Bahnhofsbuchhandel.